KB144900

인생의 허무를 어떻게 할 것인가

인생의 허무를 어떻게 할 것인가

2023년 4월 6일 초판 1쇄 찍음
2023년 4월 17일 초판 1쇄 펴냄

지은이 김영민
편집장 한소현 (내 편한 책 1기 13조)
부편집장 김경애·최도하 (내 편한 책 1기 13조)
편집부 고경원·구서현·김민영·김현우·윤수진·이민환·이의정·이정희·최수연
(내 편한 책 1기 13조)

표지 디자인 김진운
본문 디자인 아바 프레이즈
마케팅 정하연·김현주

펴낸이 권현준
펴낸곳 (주)사회평론아카데미
등록번호 2013-000247(2013년 8월 23일)
전화 02-326-1545
팩스 02-326-1626
주소 (03993) 서울특별시 마포구 월드컵북로6길 56
이메일 academy@sapyoung.com
홈페이지 www.sapyoung.com

ISBN 979-11-6707-104-0 03810

• '내가 직접 편집하는 특별한 한 권의 책(내 편한 책)'은 독자 참여형 편집 프로젝트입니다. 독자로 구성된 편집부에서 저자의 원고를 편집하여 실제 책으로 만듭니다.

• 신간, 전시회, 답사, 강연, 북클럽, 특별 프로젝트 등 김영민 작가 관련 소식을 받고 싶은 독자는 homobullahomobulla@gmail.com으로 자신의 이메일 주소를 보내주세요.

인생의 허무를 어떻게 할 것인가

김영민

사회평론

차례

순간을 영원과 같이

늙음과 나란히 걷기

흔들리지 않기 위하여

프롤로그

『아우스터리츠』에서 작가 W. G. 제발트는 벽에 붙어 있는 나방에 대해 이렇게 썼다.

> 나방들은 살아 있는 동안 더 이상 아무것도 먹지 않고 오로지 생식이란 과업을 가능하면 빨리 완수하는 것만 생각한다고 알폰소가 말했지요. … 녀석들은 자기들이 잘못 날아왔음을 아는 것 같아요. 녀석들이 죽음의 경련으로 경직된 미세한 발톱으로 매달린 채 목숨이 끝날 때까지 불행의 장소에 달라붙어 있으면, 공기의 흐름이 그들을 떼어내어 먼지 쌓인 구석으로 날려 보내지요. 내 방에서 죽어가는 그런 나방들의 모습

을 보면서 나는 종종 이 혼돈의 시간에 그들은 어떤 불안과 고통을 느꼈을까 하고 자문하곤 하지요.

인간은 생식이란 과업 이상을 꿈꾸게 되면서 비로소 인간이 되었다. 인간은 번식에 그치지 않고 번식 이상의 의미를 찾으면서 인간이 되었다. 인간은 현재에 만족하지 않고 보다 나은 미래에 대한 희망을 가지면서 인간이 되었다. 인간은 약육강식에 반대하고 인간의 선의를 발명하면서 인간이 되었다.

의미와 희망과 선의를 좇으면서 동시에 학살과 전쟁과 억압과 착취의 역사를 만들어온 인간에 대해 생각한다. 대를 이어 생멸을 거듭해온 인간이란 종(種)에 대해서 생각한다. 그 혼돈의 시간에 그들은 어떤 기쁨과 불안과 고통을 느꼈을까 하고 자문해보곤 한다.

희망은 답이 아니다. 희망 없이도 살아갈 수 있는 상태가 답이다. 겉으로는 멀쩡해 보여도 속으로는 이미 탈진 상태인 이들에게 앞으로 희망이 있다고 말하는 게 무슨 소용이 있을까. 희망은 희망 없이도 살아갈 수 있는 사람들에게 가끔 필요한 위안이 되어야 한다.

인간의 선의는 답이 아니다. 선의 없이도 살아갈 수 있는 상태가 답이다. 겉으로는 멀쩡해 보여도 속으로는 세상에 대한 불신으로 가득 찬 이들에게 인간의 선의가 무슨 소용이 있을까. 인간의 선의는 선의 없이도 살아갈 수 있는 사람들에게 가끔 주어지는 선물이 되어야 한다.

의미는 답이 아니다. 의미 없이도 살아갈 수 있는 상태가 답이다. 겉으로는 멀쩡해 보여도 속으로는 텅 비어버린 이들에게 인생의 의미를 역설하는 게 무슨 소용이 있을까. 의미는 의미 없이도 살아갈 수 있는 사람들이 가끔 떠올릴 수 있는 깃발이 되어야 한다.

인간에게는 희망이 넘친다고, 자신의 선의는 확고하다고, 인생이 허무하지 않다고 해맑게 웃는 사람을 믿지 않는다. 인생은 허무하다. 허무는 인간 영혼의 피 냄새 같은 것이어서, 영혼이 있는 한 허무는 아무리 씻어도 완전히 지워지지 않는다. 인간이 영혼을 잃지 않고 살아갈 수 있듯이, 인간은 인생의 허무와 더불어 살아갈 수 있다. 나는 인간의 선의 없이도, 희망 없이도, 의미 없이도, 시간을 조용히 흘려보낼 수 있는 상태를 꿈꾼다.

허무와 더불어 사는 삶을 주제로 산문집을 내겠다고

마음먹은 이래, 그에 관련된 내 생각의 편린을 다양한 지면에 발표해왔다. 그 글들은 모두 하나의 독립적인 완결성을 가진 글이되, 인생의 허무에 대해 생각한다는 점에서는 서로 연결되어 있다. 그 글들을 새로이 다듬고 연결하고 확장하면서, 이 책이 이 보편적 문제와 앞서 씨름한 이들에게 보내는 나의 답장이 되기를 희망하였다.

보편적인 문제는 늘 앞서 생각한 이들이 있기 마련이다. 아름다운 이탈리아어를 확립했다고 알려진 단테는 그 유명한 『신곡』 첫 부분을 이렇게 시작한다. "인생을 절반쯤 살았을 무렵, 길을 잃고 어두운 숲에 서 있는 나 자신을 발견했다. 그 거칠고, 가혹하고, 준엄한 숲이 어떠했는지는 입에 담는 것조차 괴롭고 생각만 해도 몸서리쳐진다. 죽음도 그보다는 덜 쓸 것이다." 그리하여 단테는 그 두렵고 죄스럽고 허무한 숲에서 벗어나고자 긴 여행을 떠난다. 그 기록이 바로 『신곡』이다. 확고한 신앙을 가진 이답게 단테는 긴 저승 세계 여행을 통해 어떤 확고한 결론에 도달한다.

동아시아의 아름다운 고전어를 재정의하다시피 했다고 해도 과언이 아닌 송나라 때 문인 소식. 그 역시 종종 인생의 길을 잃었던 것 같다. 그리고 다름 아닌 이 허무의 문제에 집착했다. 동아시아 문장의 역사에서 가장 유명한 작품 중 하나인 그의 「적벽부(赤壁賦)」는 다름 아닌 인생의 허무라는 주제를 다룬다. 단테와 달리, 확고한 신앙이 없었던 소식은 과연 인생의 허무를 어떻게 할 수 있었을까.

소식은 「적벽부」 서두에서 인생의 허무라는 문제를 제기하고, 이어서 그에 대한 다양한 해답들을 검토하고, 마침내 자기만의 결론을 내리면서 마무리한다. 이 책 역시 그와 같은 흐름에 맞추어 구성하였다. 나는 이 책이 허무와 직면한 내 생각의 기록인 동시에 「적벽부」에 대한 유연한 주석이 되기를 희망한다.

내 관점이 향하는 곳(관점)

다양한 영역을 가로지르는 마음의 탄력

무릇 천지간의 사물은 각기 주인이 있소. 진정 나의 소유가 아니라면 터럭 하나라도 취해서는 아니 되오. 오직 강 위의 맑은 바람과 산 사이의 밝은 달은 귀가 취하면 소리가 되고, 눈이 마주하면 풍경이 되오. 그것들은 취하여도 금함이 없고 써도 다함이 없소. 이것이야말로 조물주의 무진장이니, 나와 그대가 함께 즐길 바이외다.

— 소식, 「적벽부」

세상에는 경쟁 성애자들이 있다. 경쟁에서 이기기 위해 한없이 자신을 개발하면 사회가 발전한다고 보는 이들이다. 그도 그럴 것이, 경쟁자 없는 식당의 반찬은 점점 나빠지곤 하는 것이 사실이다. 상대보다 더 많은 고객을 유치하려는 경쟁이 생길 때 반찬은 좋아지곤 한다. 그 과정에서 고객은 좋은 서비스를 누리게 될 뿐 아니라, 식당도 발전한다.

그러나 이것은 경쟁에서 이긴 식당의 관점이다. 그리고 식당에 가서 밥 사 먹을 여력이 있는 사람의 관점이다. 경쟁에서 진 식당의 관점에서도 과연 경쟁이 좋을까. 식당에 가서 밥 사 먹기 어려운 사람에게도 반찬 경쟁이 의미 있는 일일까. 그럴 리가. 경쟁은 경쟁에 참여할 여력이 있는 사람, 그리고 경쟁에서 이길 가능성이 있는 사람을 위한 게임이다.

그렇다고 경쟁이 아예 없을 수 있을까? 경쟁이 없어지려면 사람들의 욕구가 없어져야 한다. 아니면 욕구에 딱 맞는 양의 재화가 안성맞춤으로 존재해야 한다. 그런 일이 가능할 리가. 욕망은 욕망을 부른다. 욕망을 줄일 수 있을지언정 욕망을 완전히 없애기는 어렵다. 욕망을 줄였다고 한들 그 욕망을 채우는 순서는 누가 정할 것인가. 자기가 그 순서를 결정하고 싶다는 욕망이 일어난다. 욕망은 끝내 우리 곁을 떠나지 않는다.

현실이 이렇다면 경쟁이 최선이라고 주장하는 사기에도, 경쟁 없는 사회가 올 거라는 사기에도 속지 말아야 한다. 경쟁이 그리 좋은가. 인생에서 어느 정도 경쟁은 불가피하지만 경쟁이 심화하는 것은 두려운 일이다. 경쟁은 곧 고생이기 때문에. 격렬한 사회적 경쟁에 뛰어드는 게 좋겠나, 누워서 뒹굴뒹굴 만화책 보는 게 좋지. 누워 있기는 어디 쉬운 줄 아나. 잘 누워 있는 데도 기술이 필요하다. 자칫하면 목에 담 온다.

자원은 한정되어 있는데, 경쟁자만 늘어나면 결국 사회적 갈등이 온다. 청년층 젠더 갈등이 격화되는 배경에는 과거보다 많은 이들이 한정 자원을 두고 경쟁 중이라는 현실이 있다. 안정된 직장은 줄어드는데 너도나도 사회 속에서 자기 자리를 주장하니, 경쟁이 강화되고 있는 것이다. 취업이 어려워지면 경쟁자를 더 의식하게 되고, 결국에는 서로를 미워하게 된다.

어떻게 해야 하나? 물론 자원이라는 파이를 크게 하면 된다. 안정된 직장이 늘어난다면 경쟁은 아마 완화될 것이다. 그러나 고도성장이 끝난 한국에서 파이는 좀처럼 커지지 않는다. 이제 한정된 파이라도 공정하게 분배해야 한다. 말이 쉽다. 공정에도 심오한 철학과 정교한 기술이 필요하다. 출발선이 다른 사람들, 성장 배경이 다른 사람들, 조력자의 규모가 다른 사람들이 모여 사는 사회에서 공정은 어떻게 실현되어야 하는가. 이 질문에 답할 의지와 능력이 없을 때, 기대는 것이 획일적인 시험이다. 학부모는 자원을 자식 교육에 집중하고, 용케 시험에 합격한 자식은 '공정하게' 경쟁자를 제거한 승리자로 탈바꿈한다.

11세기 중국의 정치가 왕안석도 공무원 시험을 통해 자기 입맛에 맞는 인적 자원을 획일적으로 선발하고, 그렇게 선발된 공무원들의 힘으로 이제껏 정부가 건드리지 못하던 영역까지 뛰어들었다. 과감하게 과세 영역을 늘리고, 방관했던 시장에도 적극적으로 개입했다. 한마디로 정부가 사회와 경쟁하려 들었던 것이다. 그 결과, 그 어느 때보다도 정부의 존재감이 높아지고, 경쟁적인 분위기가 사회에 조성되었다.

바로 이때, 문인 소식은 왕안석을 비판하는 뜻을 담아 「적벽부」를 쓴다. 머나먼 황주 땅으로 축출되어 살던 1082년, 그의 나이 46세 때였다. "무릇 천지간의 사물은 각기 주인이 있소"라는 말은 아무리 경쟁이 격화되어도 정부나 타인이 건드릴 수 없는 고유 영역이 있다는 선언이다. 그래서 "진정 나의 소유가 아니라면 터럭 하나라도 취해서는 아니 되오".

이 세상이 하나의 가치나 기준으로 수렴되는 획일적인 곳이 아니라는 사실을 깨달아야 한다. 경쟁이 격화되다 보면 삶의 전 영역을 제로섬 경쟁 원리가 작동하는 곳으로 보게 된다. 그러나 세상은 다원적인 곳이며, 자원 역시 다원적이다. 세상에는 제로섬 경쟁을 할 수밖에 없는 영역도 있지만, 제로섬 경쟁이 작동하지 않는 영역도 있다. "강 위의 맑은 바람과 산 사이의 밝은 달" 같은 것은 전형적으로 제로섬 경쟁이 작동하지 않는 영역이다. 너나 할 것 없이 경쟁적으로 바람을 쐬고 달을 쳐다보아도, 아무 문제가 없다.

소식이 「적벽부」를 쓴 지 약 1천 년이 지난 2021년 봄, 미국 작가 리베카 솔닛도 한국 언론과의 화상 기자간담회에서 이렇게 말했다. "자본주의적 희소성 개념에 집착하지 말라. 희망, 자신감, 정의 등 비물질적인 가치는 양이 무한하다. 누군가 더 누림에 의해 내 것을 빼앗길 것 같다는 두려움을 느낄 필요가 없다. 여성이 원하는 것을 다 들어줘도 남성이 누리는 것이 감소하는 것이 아니다. 여성이 더 자유를 누리고 존중을 받는 것을 남성들도 희망했으면 한다.”

희망, 자신감, 정의 등 제로섬적 경쟁이 작동하지 않는 영역에 눈을 돌릴 수 있으려면, 세상에는 다원적 가치가 존재한다는 것을 먼저 인정해야 한다. 그리고 그 다양한 가치들에 자유자재로 눈을 돌리고 다양한 영역을 가로지를 수 있는 마음의 탄력이 필요하다. 경쟁, 아니 경쟁의 ‘지옥’으로부터 벗어나기 위해서는 파이의 확대나 욕망의 제거나 공정한 시험 못지않게 경직되지 않은 마음의 탄력이 중요하다.

불편한 진실을 마주할 용기; 정신승리

나도 정신승리 좋아한다. 그 어느 곳보다도 집을 좋아하는 나에게, 정신승리는 적성에 맞다. 오늘도 침대 위에서 중얼거린다. 오늘 같은 날씨에는 평양냉면의 명가 피양면옥이 제격이지. 그러나 가서 줄서기 귀찮군. 내 자신을 설득하기 시작한다. 냉면 맛은 다 거기서 거기야. 이처럼 정신승리는 냉면 맛까지 바꾸어버린다. 누워서 다 해결할 수 있다.

이래서 내가 여우를 미워할 수가 없다. 이솝 우화에 나오는 그 유명한 여우와 신 포도 이야기. 잘 익은 포도를 발견한 여우는 먹고 싶어 펄쩍펄쩍 뛰어보지만 소용없다. 너무 높은 곳에 있어서 입이 닿지 않는다. 결국 여우는 정신승리를 감행한다. 저 포도는 시어서 맛이 없을 거야.

사람들은 여우를 비웃지만, 나는 여우에게 공감한다. 저렇게 정신승리를 하지 않고 진짜 포도를 따 먹으려면 삶이 얼마나 고단할까. 고도의 트레이닝을 통해 점프력을 키워서 따 먹거나, 다른 여우와 합작하여 나무에 기어올라 포도를 따 먹어야 한다. 둘 다 힘들다. 어느 세월에 트레이닝을 해서 몸짱이 되고, 어느 틈에 다른 여우를 섭외한단 말인가. 그에 비해 정신승리는 '가성비'가 좋다. 저 포도는 시어서 맛이 없을 거야, 라는 정신승리를 통해 여우는 안정을 되찾는다.

정신승리에 맛 들이면 승리하지 못할 대상이 없다. 내 정신은 패배를 모른다! 배가 고프다? 배가 부르다고 정신승리 하면 된다. 칭찬에 굶주렸다? 환청으로 칭찬을 들어버리면 된다. 불행한 느낌이 엄습하는 것 같다? 모든 불행을 다 행복이라고 느끼게끔 자신을 길들이는 거다. 마치 파블로프의 개처럼. 외로움도 물리칠 수 있다. 나 혼자 팬 미팅도 하고 나 혼자 팬클럽도 만들면 되니까. 이리하여 결국 그림의 떡만 보아도 배부르는 경지에까지 이른다. 아무 데나 쏘아라. 과녁은 거기에 그리면 되니까.

죽을 때까지 정신적으로 연전연승할 수 있으면 좋으련만. 문제는 정신승리가 현실승리는 아니라는 거다. 정신승리는 정신의 공갈 젖꼭지다. 여우의 문제는 제대로 승리하지 못한 데 있는 것이 아니라 제대로 패배하지 못한 데 있다. 제대로 패배했다면 점프력 강화 훈련으로 몸짱이 되었을 텐데. (정신으로) 승리했으므로 개선을 도모하지 않게 되었다. 언젠가 현실이 결국 여우의 방문을 두드릴 거다. 이제 그만 침대에서 일어나. 나와서 청소하고 밥 먹고 운동하고 사회에 나가서 멀쩡한 사람처럼 굴어.

현실이 가하는 '팩트 폭력'은 실로 따끔하다. 한번 사는 인생, 원 없이 꿀 빨다 가고 싶다고, 해맑은 표정으로 벌집을 쑤셔보라. 벌에 쏘여 만신창이가 될 거다. 현실의 벌침에 쏘여 신음하지 않으려면 현실을 직시해야 한다. 벌의 습성을 파악하고, 어떻게 하면 벌을 피해 무난히 꿀을 채취할지 배워야 한다. 쾌락을 좇던 철학자 에피쿠로스도 말하지 않았던가. 우리가 분명한 사실에 반대할 경우 마음의 평안을 얻을 수 없다고.

현실의 난제를 해결하기 위해서는 장기적인 계획을 세우고 협력 대상을 찾아야 한다. 말이 좋다. 그게 그렇게 쉽겠는가. 장기적인 계획을 세우기에 체력도 정신력도 부족하다. 게다가 타인은 종종 독침이 아니던가. 협력 대상이라니, 아무 대가도 없이 누가 선선히 협력해준단 말인가. 정신승리가 아닌 현실승리는 너무 힘들다. 현실의 포도를 따 먹기 위해 점프력 강화 훈련을 하다가 그만 우리 여우는 탈진한다.

탈진한 여우는 다시 한번 정신승리를 고려한다. 정신승리란 무엇인가? 자기가 자기에게 하는 가스라이팅(현실 파악을 조작해서 지배력을 강화하려는 시도)이다. 현실을 바꾸는 것이 어려우므로, 대신 마음의 현실 인식을 조작하는 것이다. 세상에 넘쳐나는 자기계발서들이, 수많은 상담가들이, 이른바 멘토들이 마음 수련 운운하는 데는 다 이유가 있다. 저 넓은 세상을 어떻게 일거에 바꾼단 말인가? 그에 비해 자기 마음은 어쩐지 어떻게 해볼 수 있을 거 같다.

정신승리의 궁극은 자신이 정신승리를 했다는 사실을 마침내 잊는 것이다. 그 지점까지 나아가지 못한 정신승리는 불완전한 승리다. 포도가 시다고 판정한 여우는 과연 자기가 정신승리 중이라는 사실을 머리에서 떨쳐낼 수 있었을까. 혹시, 정신승리 중이라는 사실이 여우의 뇌 한구석에서 계속 주차하고 있지 않았을까.

그 꺼림칙한 느낌을 떨쳐버리려면 대안 현실이 필요하다. 자기만이 아니라 타인도 자신의 상상을 믿어줄 때 대안 현실이 생겨난다. 다른 여우들도 저 포도가 시다고 생각해줄 때야 비로소 자신의 정신승리가 완성된다. 그래서 타인에게 다가가 가스라이팅을 시작한다. 정신승리의 객관화에 나서는 것이다. 그때부터 그의 머리는 가스실이 되고, 그의 입은 상대의 마음을 식민화하는 가스 분무기가 된다. 난 언젠가 성공할 거거든. 날 사랑한다면 5천만 원만 빌려줘. 이 오빠(우웩!)만 믿어. 반드시 호강시켜 줄게.

그런데 현실이란 인간 정신과 동떨어져서 존재하는 것이 아니다. 현실은 관점에 따라 달리 보인다. 누구의 관점과도 무관한 '순수한' 현실은 없다. 타인, 권력자, 혹은 정부가 하는 가스라이팅의 희생물이 되지 않는 길은, 어디에도 없는 순수한 현실을 발견하는 게 아니라 다양한 관점에서 사태를 바라보는 능력을 키우는 일이다. 여우와 신 포도 이야기도 여우의 관점이 아니라 포도의 관점에서 바라보아볼까? 포도의 세계에서 여우와 신 포도 이야기는 근거 없이 시다는 평가를 일삼는 평가 권력의 폐해를 그린 작품일지도 모른다.

순수한 현실이라고 가장하면서 사람들에게 해대는 가스라이팅. 그것이 바로 이데올로기다. 물리적 폭력이 통제되고 있는 정치 세계에서, 만인의 만인에 대한 가스라이팅이 진행 중이다. 그렇다고 모든 정신승리가 다 나쁜 것은 아니다. 귀여운 정신승리도 있다. 자신은 인간이 아니라 식물이라고 '셀프' 가스라이팅을 시도한 에도시대 일본의 시인 고바야시 잇사도 있다. "반딧불 하나가/내 소매 위로 기어오른다/그래, 나는 풀잎이다."

사태를 다른 관점에서 보라고 권유한다는 점에서 선의의 위로는 어느 정도 가스라이팅을 닮았다. 친구가 큰 실패나 좌절을 겪고 있는가? 실패는 성공의 어머니라고, 위기가 곧 기회라고 격려해주어라. 친구의 마음이 좀 진정될 것이다. 친구가 10년 징역형을 선고받아 실의에 빠져 있는가? 이것은 형벌이 아니라 『토지』나 『잃어버린 시간을 찾아서』를 읽으라고 하늘이 주신 기회라고 설득하라. 친구가 비싼 돈을 주고 산 티팬티가 야하다고 입기 망설이고 있는가? 티팬티를 섹시한 힙스터의 기저귀라고 생각하라고 말해주어라. 한결 과감하게 입을 수 있을 것이다.

같은 종류의 위로를 계속하는 것은 물론 한계가 있다.

시험에 낙방한 젊은이에게 노인이 전형적인 위로를 시전한다. "입맛이 쓰겠지만, 보약 먹은 셈 치게." 그러나 9수를 거듭하는 수험생에게 계속 같은 말을 한다면 효과가 있을까. 수험생이 볼멘소리로 대꾸하지 않을까. 그놈의 보약 그만 좀 먹고 싶어요! 그리고 이거 보약 아니에요! 방금 실연한 청년에게, 세상에 여자 많아, 라고 위로한들 효과가 있을까. 한때 세상에서 유일한 사랑이었던 이가 세상의 뭇사람들 중 하나가 되는 과정은 생각만큼 쉽지 않다.

낙방은 낙방. 실연은 실연. 패배는 패배. 현실은 엄연히 존재한다. 인지와 납득은 다르다. 낙방, 실연, 패배를 인지했다고 해서 마음이 곧바로 그 고통스러운 현실을 선뜻 납득하는 것은 아니다. 마침내 마음이 그 불편한 현실마저 수용해냈을 때 그것이 바로 정신승리다.

승리는 승리고, 패배는 패배다. 하나의 패배를 인정했다고 해서 모든 패배를 인정할 필요는 없다. 하나의 패배도 모든 면에서 패배인 것은 아니다. 모든 관점에서 다 패배인 경우는 없다. 어떤 패배를 해도 인생 전체가 패배로 변하는 경우는 없다. 현실을 여러 관점에서 볼 수 있는 마음의 탄력을 갖는 것이 진정한 정신승리다.

자기 멋대로 할 수 없는 변화무쌍한 현실이 존재한다는 것, 그 현실은 관점에 따라 다양한 국면을 드러낸다는 것, 이것을 알고 적절히 대처하며 살아가는 일은 말만큼 쉽지 않다. 천 년 전 사람들에게도 그것은 평생의 숙제였던 것 같다. 소식은 말한다. "평생토록 도를 배운 것은 오직 외물의 변화에 대처하고자 하기 위한 것이니, 뜻밖의 일이 닥치면, 반드시 이치에 맞게 이해하고 대응해야 합니다."

잘 먹는 삶에 깃든 철학

생존과 삶이 다르고 말싸움과 대화가 다르듯이, 흡입과 식사는 다르다. 제대로 잘 먹는 일에는 온 세상이 달려 있다. 먹을 것을 얻는 과정은 곧 경제활동이니, 이 세상의 정치 경제가 이 먹는 일에 함축되어 있다. 아무도 굶주리지 않는 사회, 먹는 일을 모두가 즐길 수 있는 사회를 꿈꾼다. 그러한 이상사회까지 갈 길은 아직도 요원하다.

먹는 것은 단순히 위장 문제만은 아니다. 외모에도 영향을 끼친다. 생계비 이상의 소득이 생긴 이후, 내가 음식을 가려 먹기 시작한 것은 단순히 건강 문제 때문만은 아니다. 옆집 개가 사료를 바꾼 후 더 잘생겨졌기 때문이다. 음식을 가려 먹으면 나 같은 사람도 좀 멀끔해 보이지 않을까. 가려 먹은 사람의 육질은 탐스럽지 않던가. 잘 먹는 이상사회가 도래하면 사람들은 지금보다 잘생겨져 있을 것이다.

먹는 일은 단순히 외모 문제만은 아니다. 마음에도 영향을 끼친다. 잘 먹으면 기분이 좋아지고 머리도 잘 돌아간다. 내가 음식을 가려 먹는 것은 단순히 외모 문제 때문만은 아니다. 옆집 개가 사료를 바꾼 후 더 영리해졌기 때문이다. 그래서 누가 그릇된 판단을 일삼으면 말하는 거다. 맛있는 걸 드세요, 그러면 생각이 바뀔지도 몰라요. 누가 오랫동안 우울해하면 말하는 거다. 정성스러운 한 끼 식사가 당신을 구원할지도 몰라요. 잘 먹는 이상사회가 도래하면 사람들은 좀 더 명랑해져 있을 것이다.

먹는 일은 단순히 마음 문제만은 아니다. 문명 전체와 관련 있다. 문명이 충분히 발달하지 않은 밥상머리에서는 식탁의 긴장과 공포가 감돈다. 어떤 이는 음식을 먹는 게 아니라 음식을 덮친다. 뭐든 갈비 뜯듯이 먹는다. 밥도 초콜릿도 아이스크림도 뜯는다. 커피도 뜯어 마신다. 음식을 흘리고 괴수처럼 울부짖는다. 어느 시인이 노래하지 않았던가, "내가 사랑했던 자리마다 폐허"라고. 문명 없이 식사했던 자리마다 폐허다. 특히 선짓국을 그렇게 먹고 있으면 흡혈귀 같아 보이니 조심해야 한다. 누군가 과도한 식탐을 부리면 식사 후에 점잖게 묻는 거다. "이제 좀 정신이 돌아오셨어요?"

문명이란 결국 탁월함을 인정하고, 그 탁월함을 모든 이가 누리는 일이다. 음식의 세계에도 탁월함이 존재한다. 단순한 단맛으로 승부하는 식당은 하수다. 당분으로만 맛을 낸 음식을 먹고 나면, 결국 싸한 패배감이 찾아온다. 당뇨 환자가 아이스크림 먹고 5분 후 느낀다는 서늘한 자책감이 찾아온다.

그렇다고 비싸고 정교한 음식이 능사라는 건 아니다. 이른바 쾌락주의자 에피쿠로스도 이렇게 말한 적이 있다. "결핍으로 인한 고통이 사라지면, 단순한 음식도 우리에게 사치스러운 음식과 마찬가지의 쾌락을 준다. 빵과 물만으로도 그것을 필요로 하는 배고픈 사람에게 가장 큰 쾌락을 제공한다. 그러므로 사치스럽지 않고 단순한 음식에 익숙해지면, 완전한 건강이 찾아오고 생활에 꼭 필요한 것들에 주저하지 않게 된다."

화려하고 정교한 음식으로 정평이 난 식당에서 매끼 먹다 보면, 그 정교함에 질린 나머지 허겁지겁 맨밥이나 컵라면을 찾게 될지도 모른다. 정교한 음식도 반복되면 그 맛을 즐기기 어려운 법, 소박한 음식을 먹어야 가끔 먹게 되는 정교한 음식의 참맛을 즐길 수 있다. 그리고 정교한 음식을 간혹 먹어주어야 소박한 음식의 깊은 맛을 음미할 수 있다.

이처럼 먹는 일에 온 세상이 달려 있으니, 잘 먹기 위해서는 어떻게 해야 할까. 맛있게 먹으려면 일정한 허기가 기본이다. 만취한 자가 술맛을 모르듯, 배부른 자는 음식 맛을 모른다. 소식은 「증장악(贈張鶚)」이란 글에서 이렇게 말했다. "허기진 뒤 먹으면 채소도 산해진미보다 맛있고, 배부른 뒤에는 고기반찬도 누가 어서 치워버렸으면 할 거요." 물론 허기가 능사는 아니다. 너무 허기진 상태에서 먹으면 참맛을 즐길 수 없다. 아무거나 다 맛있게 느껴지므로. 외로움에 사무친 사람이 주선하는 소개팅을 믿을 수 없듯이, 늘 허기진 사람이 추천하는 맛집은 믿을 수 없다. 당장의 허기가 가시고 나면, 문제점이 드러나기 시작할 것이다.

너무 허기지면 과식하게 된다. 나는 과식한다, 고로 존재한다! 무저갱(無底坑) 같은 위로 존재감을 과시하는 이들도 있겠지만, 과식은 대체로 건강에 해롭다. 내가 과식할 때는 고민거리가 있을 때뿐이다. 배가 부르면 아무리 심각한 고민도 배부른 고민으로 느껴진다. 그렇다고 지나치게 다이어트를 의식하라는 말은 아니다. 음식을 마주하면 음식에 진지해야 하는 법. 다이어트가 급하다면 대장에 생긴 용종을 제거해서 몸무게를 줄이는 것도 한 방법이다.

허기가 가시고 나면, 먹는 일이 단순히 미각의 문제만은 아니라는 것을 깨닫게 된다. 음식에도 일정한 지식과 경험이 필요하다. 삼겹살이 무엇인지 모르면, 살은 살대로 지방은 지방대로 따로따로 먹게 된다. 먹는 일을 통해 지식이 늘어나기도 한다. 돼지 목살을 먹어보고 나서야 돼지에게 목이 있다는 걸 알게 되기도 한다.

물론 먹는 일이 단지 지식 문제만은 아니다. 어디까지나 느낌의 영역이다. 그 느낌은 단순히 쓰고, 달고, 시고, 짜고의 사안만은 아니다. 식감 자체도 중요하다. 과일 중에서 딸기를 특히 좋아하는 이유는 그 특유의 식감 때문이다. 딸기는 씹을 때, 단감처럼 과육이 단단하여 강한 저항이 느껴지는 것도 아니고, 홍시나 무화과처럼 과육이 너무 연약하여 죄의식이 생기는 것도 아니다. 딱 적절하다.

그래도 좋아하는 음식만 반복해서 먹는 것은 좋지 않다. 음식은 경험 확대의 지름길이다. 음식 선택에 과감할 필요가 있다. 호기심 충만한 사람들이 다양한 먹거리를 즐긴다. 언젠가 홍어 쉬폰 케이크나 홍어 아메리카노 같은 것도 한번 먹어보고 싶다. 음식을 과감하게 찾아다니다 보면, 맛있다 못해 신비하기까지 한 기분마저 느낄 때가 온다. 언제였던가, 짜장면이 너무 맛있는 나머지 신비하게 느껴졌던 적이. 그렇게 맛있는 짜장면은 향정신성 약물로 분류되어야 한다.

하나 이상의 음식을 먹을 때는 과정의 서사를 즐겨야 한다. 코스요리에서는 횡적인 기승전결을 누리고, 한상차림에서는 거대한 화폭을 감상하는 자세를 갖춘다. 물론 한상차림의 궁극은 뷔페다. 그 긴 음식 서사의 끝에 위치하는 것이 바로 디저트다. 디저트는 어떤 초과, 어떤 풍요를 상징한다. 당신 마음처럼 부드러운 푸딩을 입에 넣다 보면 내 마음도 푸딩처럼 부드러워질 것이다. 방금의 식사가 그저 생존을 위한 단백질 흡입이 아니었다는 것을 확인하는 심오한 의미가 디저트에 있다.

음식은 풍족한 것이 좋다. 그렇지 않으면 자칫 싸우게 되기 때문이다. 다 큰 어른이 음식 가지고 싸우면 깊은 자괴감이 든다. 식당에서도 고객이 마지막 한 점을 남길 수 있게 넉넉한 양을 제공하는 게 좋다. 그 한 점을 남김으로써 고객은 자신이 식탐의 노예가 아니라 자제력을 갖춘 어엿한 성인이라는 자존심을 얻게 된다. 배부른 자의 헝그리 정신이라고나 할까. 음식을 너무 적게 주면, 그 소중한 자존심을 훼손하게 된다.

잘 먹기 위해서는 누구와 먹느냐도 중요하다. 같이 먹는 상대에 의해 식욕이 크게 좌우된다. 배우자가 밥상머리에서 자기 콧구멍이 너무 크지 않냐며 봐달라고 한 이후, 한동안 식욕을 잃어버린 사람을 알고 있다. 그의 위장 속 무언가가 충격을 받아 그만 죽어버린 것이다. 너무 깨작거려도, 너무 음식을 탐해도 상대가 식욕을 잃을 수 있다. 먹는 것에 몰두한 나머지 상대 목소리가 안 들릴 정도가 되면 곤란하다. 밥 먹으면서 대화를 나눌 수 없으니까. 정말 음식에 고도로 집중하고 싶으면 혼자 먹는 것을 추천한다. 달리 미식가가 고독하겠는가.

같이 먹든 혼자 먹든 먹는 공간도 중요하다. 맛있는 걸 먹다가 더러운 화장실에 다녀오면 입맛이 쓸 것이다. 인테리어가 음식과 어울리지 않으면 기분이 고양되지 않는다. 냉면의 명가 을지면옥이 장소를 옮기겠다고 하자

한 고객이 말했다. "하동관이 을지로에서 마지막 영업을 하던 날도 찾아가 맛을 봤는데, 결국 자리를 옮기면 맛이 변하더라. 지금 이 맛은 이 자리에서만 경험할 수 있다고 생각해서 마지막 한 그릇 먹으러 찾아왔다."

공간이 바뀌면 음식 맛이 바뀐다는 데 동의한다. 맛은 결국 상상의 산물이므로. 그래서 식당까지의 동선, 식당 내부, 플레이팅, 음식 담는 그릇 등이 모두 중요하다. 배는 고픈데 식욕은 없다? 이 세상 어딘가에 당신의 맛있는 상상을 방해하는 요소가 있을 것이다. 맛은 궁극적으로 시대와 환경에 의해 좌우된다.

시간 속에 산다는 것

방향에 따른 감정의 차이

보고 나면 더 이상 보기 전 마음이 아니게끔 만드는 영화가 있다. 밀가루처럼 흩날리는 마음을 부풀어 오른 빵으로 만드는 영화가 있다. 하루를 마무리할 때는 내 마음을 빵으로 만들어준 영화, 〈퍼스트 카우〉(2019)에 대해 생각하겠다. 켈리 라이카트 감독의 〈퍼스트 카우〉는 서부 영화이기 이전에 인간이 '시간'을 어떻게 통과해야 하는지에 대한 영화다.

영화가 시작되면 강과 대지와 하늘이 수평으로 펼쳐진다. 그리고 왼편에서 거대한 선박 한 척이 등장한다. 마치 신대륙 아메리카에 낯선 문명이 밀려오는 것처럼, 배는 강과 대지와 하늘 속으로 육중하게 밀고 들어온다. 그

육중한 배는 아주 천천히 오른쪽으로 움직이고, 카메라는 미동도 없이 그 배의 느린 움직임을 응시한다. 관객은 그 배가 화면의 중앙에 올 때까지 인내하며 그 장면을 지긋이 지켜보아야 한다. 도대체 왜 이 장면을 이토록 오래 보여주는 거지? 이렇게 자문할 때야 비로소 이 난데없는 도입부 장면은 끝난다.

배가 지나간 그 강가에서 한 소녀가 두 남자의 유골을 발견한다. 도대체 누가 죽은 것일까? 이제 관객은 죽음을 생각하며 영화를 보아야 한다. 이어지는 스토리라인은 어쩌면 대수롭지 않다. 서부 개척기에 날품팔이 노동자 두 사람이 생존을 도모하다가 고생 끝에 결국 죽고 만다는 이야기다. '야만적인'(?) 신대륙에 진주한 영국 수비대장은 런던에서 먹던 우유가 그리워 소를 반입한다. 날품팔이 킹 루와 쿠키는 수비대장이 키우는 소의 젖을 몰래 짜서 케이크를 만들어 판다. 그러다가 발각되어 쫓기던 끝에 결국 숲속에서 죽는다. 여기에 현란하고 거창한 드라마 같은 건 없다.

개척 시기에 있었을 법한, 그러나 너무 소소하여 기존 서부 영화에서 주목하지 않았던 어떤 죽음, 이 영화를 통하지 않고는 아무도 기억하지 않았을 것 같은 사회적 약자의 쓸쓸한 죽음. 그러나 이 영화를 보고서 서부 개척기의 잔혹함이나 미국 문명의 더러움이나 초기 산업자본주의의 폐해 운운하고 마는 것만큼 맥 빠지는 일이 또 있을까. 이 영화에서 그런 정치적 메시지를 읽어내는 일은 어렵지 않다. 그리고 어렵지 않은 만큼이나 진부하다.

영화가 마무리되면 〈퍼스트 카우〉를 피터 허턴에게 헌정한다는 자막이 뜬다. 피터 허턴은 이른바 '느린 영화'를 천착해온 실험 영화 감독이다. 그의 영화를 보는 관객은 거의 정지화면과도 같은, 아주 느리게 움직이는, 소리가 소거되어 묵상하는 듯한, 그러나 뭔가 절망적인 일상의 풍경을 계속 지켜봐야 한다. 그것이 피터 허턴의 영화 세계다. 2016년 피터 허턴이 암으로 사망하자, 켈리 라이카트 감독은 추모의 글에서 이렇게 말했다. 피터는 우리 눈앞의 일상을 더 깊게 보게 해주었다고. 현란한 이미지의 향연으로부터 피난할 수 있게 해주었다고. 그에게 영화란 거창한 관념의 일이라기보다는 보는 눈을 훈련하는 일이었다고. 그러니 켈리 라이카트가 피터 허턴에게 애써 헌정한 이 영화를 조야한 정치 비평으로 환원해버리는 일은 보는 눈을 퇴화시키는 일이나 다름없다.

피터 허턴의 영화를 연상시키는 〈퍼스트 카우〉의 도입

부는 일종의 선언이다. 이 영화는 정치적 구호나 표어가 아니라는 선언이다. 고통스럽지만 때로 아름답기도 한 광경을 천천히 구체적으로 들여다보아 달라는 요청이다. 미국의 철학자 조지 산타야나는 “말을 한다는 것은 구체적인 말을 하는 것이다. 구체적인 말을 하지 않고 그냥 말을 하려는 시도는 답이 없다”라고 말한 적이 있다. 구체적인 인물과 상황을 경유하지 않고 메마르고 일반적인 정치 비평을 반복해대는 것 역시 그만큼 답이 없다.

사태의 진실을 놓치지 않기 위해서는 천천히 보아야 한다. 천천히 본다는 것은 구체적으로 본다는 것이고, 구체적으로 본다는 것은 음미한다는 것이다. 그렇게 보았을 때, 주인공 쿠키가 소젖을 얼마나 정성스럽게 짜고 있는지, 케이크 레시피에 얼마나 최선을 다하는지 비로소 알게 된다. 소의 큰 눈과 주인공의 슬픈 눈이 얼마나 닮았는지 깨닫게 된다. 그들은 모두 삶의 전장에서 젖을 짜이고 있는 순한 동물들이었다.

주인공 쿠키는 날품팔이였지만, 날품팔이에 불과했던 사람은 아니다. 그는 누구보다 향기로운 케이크를 굽고자 했던 사람이며, 그러기 위해 밤에 소젖을 짜고 싶었던 사람이며, 그것도 가능한 한 다정하게 짜고 싶었던 사람이다. 그의 죽음은 날품팔이 행인 A의 죽음이 아니다. 언젠가 베이커리를 열겠다는 달콤한 꿈을 가지고 있었던 구체적인 사람의 죽음이다. 이 생생한 사실을 지긋이 음미하지 않으면, 아무리 영화를 보아도 마음은 밀가루처럼 흩날리기만 할 뿐 빵처럼 부풀어 오르지 않을 것이다.

시간을 내어 피터 허턴이나 켈리 라이카트의 잔잔한 영화를 보는 일은 현란한 이미지의 야단법석으로부터 도피하는 수단이다. 끝없이 독촉해대는 생활의 속도에 굴복하지 않으려는 몸짓이다. 구체성을 무시한 난폭한 일반화에 저항하는 훈련이다. 그리고 그것은 심란한 연말의 시간을 통과하는 기술이기도 하다. 서둘러 판단하지 않고 구체적인 양상을 집요하게 응시하는 것, 그것은 신산한 삶의 시간을 견딜 수 있게 해주는 레시피이기도 하다.

현대인에게 주어진 시간의 형벌

고대에서 시작된 역사가 중세를 거쳐 근대를 지나 현대로 흘러왔다고 생각하는 사람들. 그리하여 고대나 중세는 먼 과거에 불과하다고 생각하는 사람들. 성 베네딕도회 왜관 수도원에 가보라. 그곳에는 여전히 '중세'를 마음에 담고서 현생과의 불화를 고요히 견디는 이들이 있다. 그처럼 오래도록 중세를 사는 사람들에게 이 세속적인 현대 세계는 결코 보편적이고 영원한 가치가 실현되는 장소가 아니다. 그러한 가치는 사후의 천국에서나 온전히 실현될 것이기에, 그때가 올 때까지 그들은 이 현세에서 묵상에 임하고 전례를 행한다.

실로 가톨릭 수도원 사람들은 매일 하느님께 성무일도

(聖務日禱)라는 기도의 전례를 바친다. 성무일도 기도는 보통 기도보다 훨씬 길기에, 신심이 깊지 않고 전례에 익숙하지 않은 범용한 사람들은 감히 시도하기 어려운 과업이다. 오래전 성 베네딕도회 왜관 수도원에서 유숙하던 차에, 나 역시 이 전례에 한 번 참여해본 적이 있는데, 전례가 끝나자마자 지쳐 쓰러져 잔 기억이 있다. 이 고된 성무일도는 특정한 시간에 맞춰서 하는 기도이기에 '시간경(時間經)'이라고도 부른다. 수도원 사람들은 영원하고 보편적인 세계에 대한 믿음을 가지고 있기에, 이 '시간'은 무상한 시간이 아니라, 전례에 리듬을 주는 이음매에 가깝다.

중세의 공동체에서 나와 세속의 도시로 돌아오면, 영원의 세계는 간 곳이 없고, 모든 것이 속절없이 바뀌는 현대의 시간이 흐른다. 무엇엔가 쫓기듯 일어나 출근하고, "투자에는 나중이 없습니다"라는 문자를 받고, 주식 시황을 살펴보고, 아파트 청약 상황을 점검하다가, 치주염을 다스리기 위해 치과에 다녀오다 보면, 어느덧 해가 뉘엿뉘엿 진다. 그렇게 일용할 무의미와 고통을 모두 소진한 뒤에야 비로소 귀가하는 인간의 등 뒤로 덧없는 시간은 어김없이 흐른다. 입을 아무리 앙다물어도 이빨 사이로 속절없이 흐른다. 눈물과 위로 사이를 비집고 뱀처럼 흐른다. 때가 오면 삶은 간신히 맞춘 퍼즐 조각처럼 결국 무너질 것이다. 사후에 펼쳐질 천국에 대한 믿음 같은 것은 없다. 그러니 모든 현대적 가치는 이 덧없는 현세 속에서 실현되어야 한다. 그 어떤 것도 사후로 유예할 수 없으므로, 개별적 존재들이 우연 속에서 엉켜 몸부림치는 이 현세의 비빔밥 속에서 자신의 가치를 실현하고자 분투해야 한다. 이것이 중세가 아닌 현대를 사는 세속인에게 내려진 시간의 형벌이다.

자, 집을 사라. 당신이 실현할 가치가 무엇이든 일단 집을 사라. 그러지 않으면 가치의 실현은커녕 너를 지탱하는 경제 기반은 비빔밥 속 밥알처럼 흩어지고 말 거야. 이렇게 한국 사회는 말한다. 당신의 부모가 특별히 부유하고 관대하다면 모를까, 이 과업은 불가능에 가깝다. 개울가에 떠도는 낙엽 같은 월급을 차곡차곡 모아서는 도저히 직장 근처에 집을 살 수 없다. 집값은 계속 오르기에 무한정 기다릴 수도 없다. 집을 사기 위해 어서 돈을 은행에서 빌려야 한다. 돈 빌리러 왔는데요. 아, 그러세요. 그럼 고객님의 신용에 대해 먼저 알아보겠습니다.

신용(credit)이라니? 역사가 포콕에 따르면, 신용이란 것이 그 존재감을 확실히 한 것은 17세기 후반 이래 각종 전쟁 비용을 감당해야 했던 영국 자본주의 사회에서였다. 대출을 위한 신용이 날로 중요해지자 토리당원이던 찰스 대버넌트는 이렇게 우려한다. 신용이란 토지처럼 확실한 가치를 가진 자산이 아니라, 다른 사람의 의견에 의존하는 가변적이고 추상적인 형태의 자산에 불과하다고.

그도 그럴 것이, 토지와는 달리 신용은 손에 잡히는 대상이 아니다. 토지에 비해 뭔가 '리얼'하지 않다. 신용이란 결국 타인들의 변화무쌍한, 변덕스러운, 불특정 견해에 의존하는 존재인 것이다. 지주들은 불안을 느낀다. 뭔가 엉터리 같은 허구(fiction)가 마치 토지처럼 자산 행세를 하고 있어! 그러나 신용이라는 것이 현실에서 작동하는 그 나름의 '실재'임에는 틀림없다. 신용에 기초해서 돈을 빌릴 수도 있고, 빌린 돈으로 밥을 먹을 수도 있고, 밥을 먹으며 연애를 할 수도 있고, 연인과 함께 집을 살 수도 있고, 그 집을 팔아 사업을 할 수도 있으며, 그 결과 파산을 할 수도 있다. 이처럼 신용은 실재한다.

토지 기반 사회와 양상이 다를 뿐 신용에 기초한 자본주의 사회 역시 사람들이 실제로 살아가는 사회다. 영문

학자 샌드라 셔먼에 따르면, 자본주의 사회에서 한층 큰 역할을 하게 된 신용이라는 허구에 대해 사람들이 불안감만 느끼는 것은 아니다. 사람들은 허구를 즐기며, 나아가 그것을 삶의 동반자로 삼기조차 한다. 소설을 읽을 때 독자가 그 허구를 (잠정적) 실재라고 믿음으로써 이야기를 즐기게 되는 원리와도 같다. 이번 페이지의 사태를 일단 믿지 않고는 다음 페이지에서 전개될 사태를 즐길 방법이 없는 것이다. 마찬가지로 신용이라는 허구를 믿지 않고는 경제인들은 미래의 자산을 끌어다 쓸 수 없다.

사실, 인생이란 한 치 앞을 모르는 게임이 아닌가. 그러나 이 신용이라는 허구로 말미암아 현대인은 우연으로 점철된, 불확실하고 덧없는 시간을 견딜 수 있게 된다. 신용은 아직 실현되지 않은 누군가의 미래를 '대표(represent)'한다. 만약 현재의 '나'와 미래의 '나'가 근본적으로 다른 존재라면, 신용이라는 것은 아예 존재할 수도 없을 것이다. 오늘 돈 빌리러 온 사람이 10년 뒤 돈을 갚을 사람과 별개라면, 대체 누굴 믿고 돈을 빌려주겠는가. 인간은 찰나를 사는 존재가 아니라 제법 긴 시간에 걸쳐 같은 정체성을 유지하는 존재이기에 신용은 성립하고, 자금은 대출될 수 있다. 정체성이라는 허구를 통해 인간은 미래로 뻗어 있는 긴 시간을 견디는 존재가 될 수 있고, 신용이라는 허구를 통해 당장 돈이 없는 사람도 미래의 자산을 끌어다 쓸 수 있게 되는 것이다. 정체성과 신용을 가진 나는 빈털터리가 아니라, 미래에 이자까지 쳐서 빚을 갚을 자산가다.

자산가 '나'는 이제 보무도 당당히 주택담보대출을 하러 은행에 간다. 그러나 '나'의 신용이라는 것이 내가 사려는 아파트 담벼락만큼 단단한 것은 아니다. 내 신용은 나에 대한 타인의 견해에 달려 있다. 특히 정부는 금리를 통해 내 신용과 주택담보대출 액수를 쥐락펴락할지 모른다. 그리하여 나는 끝내 직장 근처에 집을 구하는 데 실패하게 될지 모른다. 그러면 한 시간이 넘는 긴 시간을 길바닥에 뿌려가며 출퇴근하게 될 것이다. 한동안은 버틸지 모르나 결국 체력이 바닥나고 말 것이다. 체력이 고갈되면 성질도 더러워질 것이다. 성질이 더러워지면 주변 사람들이 하나둘 떠나기 시작할 것이다. 외롭겠지. 외로움을 달래느라 가정을 꾸리고 아이를 낳은들, 그 아이는 이 고된 삶의 환경을 대물림할 가능성이 크다.

내세에 대한 믿음이 없기에, 많은 이들이 채 100년도 못 되는 인생의 외로움과 덧없음을 견딜 수 없다. 자신이 순간을 살다 가는 불나방 같은 존재라는 사실을 참을 수 없기에, 자기 닮은 자식을 상상한다. 너는 내 자식이란다. 너와 나는 한배를 탔단다. 정체성을 공유한단다. 내가 너이고, 네가 나란다. 신용이라는 허구를 통해 자신의 존재를 미래로 확장했듯이, 미래의 자식을 상상하며 자신을 다음 세대로 연장한다. 아직 도래하지 않은 미래의 자식을 상상하며, 오늘 하루도 힘을 내어 고된 삶을 견디어 나간다. 정기 예금을 알아보고, 주식시장을 점검하고, 주택담보대출 조건을 꼼꼼히 따져본다. 정체성이라는 허구가 없었더라면, 차마 감당하지 않았을 노고를 기꺼이 감당한다. 그로부터 생겨나는 의미에 힘입어 개별자의 숙명인 우연의 허망함을 견디어 나간다. 이것이 오늘도 산산이 흩어지는 시간의 입자를 견디는 어떤 현대의 방식이니, 메마른 현대인의 입술을 통해 고백하게 하라. 내 인생의 진정한 적은 시간이었다고.

Monday와 Weekend의 끝없는 싸움

> 왜 시간은 한 곳에서는 영원히 정지하거나 점차적으로 사라지고, 다른 장소에서는 곤두박질을 치나요? 우리는 시간이 수백 년 혹은 수천 년 동안 일치하지 않았다고 말할 수는 없을까요.
>
> — W. G. 제발트, 『아우스터리츠』

지난 세기 많은 서구 지식인이 이성을 통해 역사가 진보했다고 믿었다. 그 주된 근거는 압도적인 생산력이다. 인간이 이성에 따라 자연을 '지배'하자, 전과는 비할 수 없을 정도로 많은 생산물을 얻게 되었다. 기아로 죽는 사람들의 비율도 현격히 줄었고, 평균 수명도 부쩍 늘어났으며, 보통 사람들도 귀족이나 먹었을 요리를 즐기게 되었다. 현대의 풍요로움은 놀랍기 짝이 없다.

이러한 진보의 환상을 깨뜨린 상징적인 사건이 나치에 의한 홀로코스트다. 서구 문명 한복판에서 벌어진 홀로코스트로 인해, 사람들은 현대 문명의 정당성에 대해서 심각한 회의를 품게 되었다. W. G. 제발트의 작품 『아우스터리츠』의 주인공도 그중 하나다. 나치의 유대인 박해를 피해 생면부지의 사람 손에 성장해야 했던 아우스터리츠는 말한다. "인간의 최선의 계획들은 실현되는 과정에서 언제나처럼 정반대로 흘러갔다."

최대치의 생산력을 뽑아내려는 시간의 음모가 현대 문명의 저변에 도사리고 있다. 현대의 풍요를 누리기 위해 사람들은 초 단위, 분 단위로 시간을 쪼개서 자신을 통제한다. 그러한 문화에 맞서 아우스터리츠는 '시간 외부에 있는 존재'가 되기로 마음먹는다. 그는 일단 시계를 가지고 다니는 일을 거부한다. 그리고 시간의 정체에 대해 묻는다. "왜 시간은 한 곳에서는 영원히 정지하거나 점차적으로 사라지고, 다른 장소에서는 곤두박질을 치나요?" "우리는 시간이 수백 년 혹은 수천 년 동안 일치하지 않았다고 말할 수는 없을까요."

이러한 문제 제기에는 과학적 근거가 있다. 뉴턴은 시간이 사물과 독립적으로 균질하게 흐른다고 보았지만, 뉴턴 이후 물리학 성과에 따르면 그것은 사실과 다르다. 세상의 시간은 결코 똑같이 흐르지 않는다. 위치와 이동 속도에 따라 시간은 달라진다. 시간은 위쪽보다는 아래쪽에서 느리게 간다. 그리고 많이 움직일수록 시간은 더디게 흐른다. 그 차이가 너무 미세하여 일상에서 느낄 수 없을 뿐. '현재의 경험'이란 말에도 어폐가 있다. 빛의 이동에는 시간이 필요하기 때문이다. 당신이 보는 저 별빛은 오래전에 그 별이 폭발하면서 발산한 것이다. 그 빛이 지구까지 오는 데 오랜 시간이 걸려서 이제야 그 빛을 경험하는 것일 뿐. 엄밀하게 따지면 모든 경험이 그렇다. 눈앞의 사물에서 나온 빛은 금방 망막에 도달하기 때문에 그 시간차를 느끼지 못할 뿐, 사실 동시에 일어나는 현상은 아니다. 한반도에 산다고 해서 모두 같은 시간대를 사는 게 아니다. 편의상 같은 시간대를 산다고 할 뿐이다.

그러니 세상에는 사실 수많은 시간이 존재하는 셈이다. 그 흩어진 시간을 연결하여 일정한 흐름으로 인지하는 것은 다름 아닌 인간이다. 연, 월, 일, 시, 분, 초로 시간을 나누는 것도 인간이고, 과거, 현재, 미래로 시간을 구획하는 것도 인간이다. 물리학자 카를로 로벨리가 설파했듯이, 시간이 인간 앞에서 흐르고 있는 게 아니다. 인간이 시간을 조직한 결과가 시간의 흐름이다.

아니, 과거-현재-미래가 인간이 만든 거라고? 원래 존재하는 게 아니라? 그렇다. 누구나 자연스럽게 시간이 과거에서 현재를 거쳐 미래로 흐른다고 생각하는 것은, 인간이 관점을 가지는 동물이기 때문이다. 일정한 기억을 바탕으로 미지의 사태를 전망하는 와중에 부지불식간에 조직해내는 것이 이른바 시간의 흐름이다. 관점을 갖지 않는 존재는 시간의 흐름을 느끼지 않을 것이다.

관점을 갖는다고 해서 반드시 과거-현재-미래라는 흐름이 느껴지는 것은 아니다. 시간의 입자들과 일정 정도 거리를 두어야 흐름을 인지할 수 있다. 거리를 두지 않으면 어떤 흐름도 인지할 수 없다. 거리를 두고 구름을 바라볼 때야 비로소 구름을 볼 수 있듯이. 정작 그 구름 안으로 들어가보면 구름은 온데간데없고 수증기의 입자들만 있다. 무지개도 마찬가지다. 거리를 두고 봐야 무지개가 보이지, 무지개에 접근하면 무지개는 사라지고 없다. 시간의 흐름도 마찬가지다. 거리를 두고 보아야 시간의 흐름을 체험할 수 있다.

당연해 보이는 시간의 흐름마저도 인간이 취한 관점과 거리의 소산이라는 것을 깨달아야 비로소 시간의 노예가 되지 않을 수 있다. 우리가 인생이 짧다고 느끼는 것도 결국 관점의 소산이다. 길다면 길고 짧다면 짧은 것이 인생이다. 관점을 자유로이 운용할 수 있다면, 특정 관점으로 인해 굳어져버린 시간의 족쇄로부터도 자유로워질 수 있을 것이다. 그러나 그것이 어디 쉬운가. 실체라고 믿었던 것이 사실 인간의 관점과 조건의 소산이라는 '불교적' 깨달음이 중요하다.

이런 취지로 평소에 구상해둔 슈퍼히어로 블록버스터 영화가 있다. 거기에는 사람들을 과로로 내모는 악당이 등장한다. 그에 맞서 사람들을 보호하기 위해 슈퍼히어로가 매주 출동한다. 악당 이름은 먼데이(Monday). 그와 싸우는 슈퍼히어로 이름은 위켄드(weekend). 먼데이와 위켄드의 싸움은 끝이 없다. 먼데이가 인간을 지배할 듯하면, 어느덧 위켄드가 도착한다. 그러나 위켄드도 오래 가지 않는다. 다시 먼데이가 역습한다.

시간 구분은 다름 아닌 인간이 스스로 만든 거라는 점을 깨달았을 때야 비로소 이 싸움은 끝날 것이다. 깨달은 사람은 사리가 생기고, 그 사리의 내공에 힘입어 먼데이를 물리친다. 깨닫지 못한 사람들은 사리 대신 요로결석이 생길 뿐. 먼데이가 오면 할 수 없이 출근해야 한다. 그뿐이랴. 아까운 월차를 내서 요로결석 치료를 받아야 한다.

이번 주말에도 변함없이 나는 이 철학적 블록버스터의 투자자를 기다린다.

끝을 바라보는 것이란

그 어떤 것도 결국 시간과 더불어 지나간다. 분노도, 고통도, 증오도 시간이 지나면 사라진다. 완전히 사라지지 않더라도 적어도 엷어진다. 불행이 엄습했을 때, 이 깨달음은 위안이 된다. 나쁜 일이 닥칠 때, 습관적으로 중얼거린다. 이것도 결국 지나갈 거야. 뼈아픈 실수도 결국 잊힐 거야. 역겨운 직장 상사도 결국 은퇴할 거야. 실망스러운 리더의 임기도 언젠가는 끝날 거야. 지금 이 순간 느끼는 통증조차 영원하지 않을 거야. 다행히도.

이것이 축복인가. 꼭 그렇지만은 않다. 지나가는 것이 어디 나쁜 일뿐이랴. 좋은 일도 지나간다. 영원한 1등 같은 것은 없다. 영원한 인기 같은 것도 없다. 사람들의 환

호는 시간이 지나면 잦아든다. 영원할 것 같던 스타의 인기도 결국 식는다. 지나간 연애를 떠올려보라. 시간이 흐르자 한때 뜨거웠던 감정도 절로 식지 않던가. 열렬히 사랑해서 시작한 연애였건만, 어느덧 활력은 사라지고 권태가 찾아온다. 상대에게 소홀해지기 시작한다. 그리고 그 소홀함과 무신경을 참지 못하는 사람이 경고를 시작한다. 경고가 반복되어도 변화가 없으면 상대는 결국 떠나버린다.

먼저 소홀해진 사람의 잘못일까. 아마 그렇겠지. 그러나 전부 그의 잘못만은 아니다. 상당 부분, 시간이란 녀석에게도 책임이 있다. 시간이 지나면 감정은 식기 마련이다. 시간은 연애하는 사람들 편이 아니다. 결국 연애는 끝난다. 이런 시간의 동학이 꼭 저주일까. 꼭 그렇지는 않다. 연애가 불러오는 감정의 고조 상태가 너무 오래 유지되면 신경이 타버려 죽을지도 모른다. 제정신으로 생활하기 위해 연애 감정이 사그라드는 것인지도 모른다. 연애가 끝나 후련한 점도 있을 수 있다. 식은 감정을 애써 불붙여야 하는 고된 수고를 하지 않아도 되니까. 헤어져야 비로소 새로운 가능성이 생기기도 하니까.

상대에 대한 설렘이 끝나가는 연인들은 이제 선택을

해야 한다. 관계를 끝내고 타인으로 남을 것인가, 아니면 결혼 같은 제도의 힘을 빌려 관계를 지속할 것인가. 그 어느 쪽이든 연애의 종말이라는 점은 다를 바 없다. 아, 상대와 오래오래 연애하고 싶다고? 그렇다면 비상한 노력이 필요하다. 관계가 늘어지지 않도록 일정한 긴장을 부여할 방법을 찾아야 한다. 가끔 낯선 곳에 여행을 가는 것도 권태를 벗어나는 데 도움이 될지 모른다. 의도적으로 주말 부부가 되는 것도 도움이 될지 모른다. 아침에는 죽음을, 아니 이별을 생각하는 것도 도움이 될지 모른다. 오늘 이별 통고를 받을지도 모른다? 이런 상상을 하다 보면 신경이 쭈뼛 곤두설 것이다. 아침에 이별을 생각하는 사람은 시간의 동학을 숙지하고 연애에 임하는 사람이다.

이게 어디 연애만의 일이랴. 예술도 마찬가지다. 프랑스의 중세사학자 미셸 파스투로는 중세시대 색채에 대한 2012년 루브르 강연에서 이렇게 말했다. 티치아노나 베로네세 같은 화가들은 자신들의 작품 색채가 시간이 흐르면 바랠 것을 염두에 두고 그림을 그렸다고. 그렇다면 티치아노나 베로네세는 시간의 동학을 고려한 예술가들이라고 할 수 있다. 어떤 위대한 예술 작품도 결국 시간의 풍화를 피할 수 없을 것이다. 어떤 식으로든 변색하고 말 것이다. 일정한 주기로 복원을 한들, 그사이 변색은 피할 수 없을 것이다. 이 사실을 인지한 예술가는 변색이 와도 감상할 가치가 있는 그림을 그리거나, 변색 가능성과 더불어 살아갈 그림을 그려야 한다.

정치도 마찬가지다. 기독교가 지배하던 유럽 중세의 시간은 오늘날처럼 흐르지 않았다. 그 시절 사람들 대다수는 세속의 시간에 오늘날 같은 비중을 두지 않았다. 질병과 갈등과 악이 창궐하는 이 세속의 시간은 조만간 끝날 것이다. 그 세속의 시간 뒤에는 영원한 구원이 기다리고 있다. 이러한 세계관에서는 세속의 정치보다는 구원 뒤에 도래할 영원의 정치가 더 중요하다. 인간의 나라보다는 언젠가는 도래할 신국(神國)이 더 중요하다.

이러한 기독교적 믿음이 약화되자, 사람들은 전혀 다른 시간, 구원을 약속하지 않는 시간과 마주하게 되었다. 구원의 순간은 오지 않는다. 기승전결이 없는 세속의 시간만이 앞에 펼쳐져 있을 뿐. 어떤 멋진 정치적 구상을 하든 그 구상은 신국에서 실현될 것이 아니라, 세속의 시간 속에서 실현되어야 한다. 이 세속의 시간 속에서 영원한 것은 없다. 따라서 정치의 주요 과제는 이 세속의 시간과 싸우는 일이 된다. 어떤 멋진 정치적 이념이나 체제도 시간의 풍화를 견디기 어렵다. 사람들은 부패하고 게을러지며 제도는 낡고 삐걱거릴 것이다. 이 와중에 어떻게 정치체의 활력과 건강을 유지할 수 있을 것인가. 구원의 약속이 없는 이 세속의 시간을 견딜 것인가. 이것이 새로운 시간을 맞이한 정치철학적 질문이다.

이것이 어디 지나간 역사 속에만 있는 일이랴. 촛불 시위를 거쳐 극적인 정권 교체가 이루어지자, 오욕의 시간이 끝나고 마침내 구원의 순간이 도래한 것처럼 보였다. 적어도 일부 정치인의 눈에는. 그들은 촛불 시위에다 기꺼이 '혁명'이라는 이름을 부여하고, 영원한 구원, 아니 전과는 차원이 다른 도덕적 정치의 지속을 꿈꾸기 시작했다. 백 년 가는 정당, 수십 년 가는 집권을 전망하기 시작했다. 그러나 세속의 시간은 가혹하다. 극적으로 정권 교체에 성공한 정당이 불과 몇 년 만에 정권을 다시 내주고 만 것이다. 전례 없는 장기집권을 꿈꾸던 정당이 단 한 번도 재집권하지 못하고 정권을 넘겨준 과정은 촛불 '혁명'만큼이나 극적이다.

이러한 극적인 상황 전개가 관련 정치인에게 준 충격은 곳곳에서 감지된다. 앞다투어 특정인의 책임을 거론

하기도 하고, 과감하게 삭발을 단행하기도 한다. 그뿐이랴. 지난 정권에서 고위직을 지낸 정치인은 탄식한다. "한때는 우리가 거의 가나안에 도달했다고도 생각했습니다. 그러나 우리가 오늘날 맞닥뜨린 현실은 황당하기 그지없습니다. 아니 고작 여기로 오려고 그토록 기약 없던 세월을 우리가 광야에서 보냈단 말인가? 도대체 우리는 어디에서 길을 잃었던 것일까? 우리는 무엇을 잘못했던 것일까?"

이 말을 통해 이들이 스스로를 의로운 존재로 생각했다는 것, 그리고 (집권에도 불구하고) 자신들을 약자로 자리매김하고 있었다는 것. 고난을 감수해왔다는 서사를 누려왔다는 것, 지속되는 고난에도 불구하고 어떤 구원의 순간을 꿈꾸었다는 것, 구원의 순간 이후에는 정의로운 세상이 죽 도래하리라 믿었음을 유추할 수 있다. 그 구원의 순간이 오긴 왔다. 다만 그것이 지속되지 않았을 뿐. 절반이 넘는 유권자들이 민주화 운동 경력으로 빛나는 그들을 더는 의로운 약자라고 간주하지 않는다. 그래서 정권이 바뀌었건만, 다시 광야를 걷게 된 '의로운 약자'는 여전히 묻는다. "우리는 무엇을 잘못했던 것일까?"

이토록 멜로드라마틱한 질문에 화답이라도 하듯이, 정

권 연장 실패에 대한 반성의 소리가 그치지 않는다. 지난 정권에서 고위직을 지낸 또 한 명의 정치인은 외친다. "문제는 패권의 교체가 아니라 가치의 복원과 민주당다운 동지적 덕성의 복원입니다. 민주당의 빛나는 가치, 고결한 동지애! 그것부터 단결의 깃발로 다시 내걸어야 합니다. 민주당의 빛나는 가치를 품은 사람에게 아낌없이 갈채하고 그의 진정성을 중심으로 흔쾌히 손을 내밀어 연대하고 단결해야 합니다. 그게 바로 민주당다운 고결한 도덕성의 근거입니다. 단결의 덕성, 그 역시 민주당의 순결한 사상입니다."

한때 영원하리라 믿었던 연인의 감정도 시간의 흐름을 이기지 못하고 변색하는데, 다수가 모인 정당의 가치가 변모하지 않을 수 있을까. 기어이 성불하고자 속세를 떠난 성직자의 초심도 시간이 지나면 탈색되는데, 현실 정치의 한가운데 있는 정당의 진정성이 오래 유지될 수 있을까. 갈등과 조정과 타협을 거치게 되어 있는 정치인들이 이른바 고결한 동지애를 지속적으로 발휘할 수 있을까. 그 연대와 단결이 시간의 풍화를 이겨낼 수 있을까. 과연 어떻게?

시간의 풍화를 이겨내려면 일단 시간의 풍화를 피할

수 없다는 인식이 필요하다. 아무것도 영원하지 않다는 인식이 필요하다. 특정 정당은 물론 한국이라는 정치체가 영원하지 않을 거라는 인식이 필요하다. 세속의 정당이 의로운 위상을 지속할 수 있다는 보장은 없다. 영원한 것은 없다. 시간은 활력을 빼앗고 권태와 나태와 관성과 타락을 남겨준다.

그러한 시간 속에서 건강과 활력을 유지하려면 자신의 사고방식에 정면 도전하는 비판적인 존재를 환영하는 것이 좋다. 기존 가치와 불화하는 이질적 존재를 환영하는 것이 좋다. 자신의 안위를 위협하는 적마저 환영하는 것이 좋다. 그러한 이들이야말로 자신의 지속적이고 건강한 생존에 필수적인 긴장과 자극을 제공하는 존재들이니까. 비판이 없으면 긴장도 없고, 긴장이 없으면 퇴화는 불가피하다. 관건은 그러한 비판을 제도화하는 것이다. 그러나 듣기 싫겠지, 정말 쓴소리는.

채워가는 삶의 아름다움

현대판 신선(神仙)

대중매체에 글을 쓰다 보면 독자 편지를 받을 때가 있다. 그중에는 단순히 자기 독후감을 적은 것도 있고, 오탈자를 지적하는 것도 있고, 일방적인 비방을 늘어놓은 것도 있고, 황홀한 찬사를 써서 잠시 숙연하게 만드는 것도 있다. 그리고 도대체 무슨 뜻인지 알 수 없는 수수께끼 같은 편지도 있다. 이를테면 다짜고짜 "지난밤에 고마웠어요"라는 메시지. 아니, 이게 무슨 소린가. 편지 보낸 사람이 누군지 모를 뿐 아니라, 지난밤에 나는 혼자 누워 만화책을 보고 있었는데 이게 무슨 말이람.

이런 수수께끼 같은 편지를 이해하려면 인간이 반드시 과학적이거나 합리적인 존재가 아니라는 점을 상기

할 필요가 있다. 과학과 합리성은 인간에게 많은 혜택을 주었지만, 그것은 어디까지나 인간 삶의 일부다. 인간은 하루 24시간을 보내면서 잠깐 의식적으로 합리적인 행동을 할 뿐, 대부분 습관적인 행동이나 망상이나 실없는 농담을 하면서 보낸다. 적어도 나와 내 주변 사람은 그렇다. 그중 어떤 망상은 해롭기도 하지만, 또 다른 망상은 예술이 되기도 하고, 또 어떤 헛소리는 삶의 활력이 되기도 한다.

신선도 그런 망상 중 하나다. 필멸자인 인간이 불사의 존재인 신선이 되겠다는 게 망상이 아니면 뭔가. 무병장수라는 인간의 소망을 인격화한 존재인 신선. 신선은 그야말로 인간 육체의 한계를 초월해버린 불사의 존재다. 마침내 득도해서 신선이 되는 것을 우화등선(羽化登仙)이라고 표현하곤 한다. 마치 애벌레가 나비가 되는 것처럼, 지상의 존재가 날개 달린 존재로 변하는 모습을 묘사한 표현이다. '우화'라는 표현에서 신선이란 단지 정신적 변화만 아니라 육체적 변화도 동반함을 알 수 있다.

그러니 신선에게는 물리적 이미지가 중요하다. 사실, 고도로 진화한 신선의 외모는 거지와 잘 구별되지 않는다. 미세하지만 중요한 차이는 그 외모에 권위가 깃들어 있느냐 여부다. 권위적 이미지 창출에는 장발이나 삭발이 제격이다. 나는 아직 한 번도 TV에 출연해본 적 없지만, 성공한 사업가 한 분이 내게 이런 충고를 한 적이 있다. "김 교수, 혹시 셀럽으로 출세하고 싶소? 그러려면 TV에 나가야 하오. 헤어스타일도 바꿔야 하오. 확 다 밀어버리거나, 장발을 해야 하오. 수염도 기르면 좋고. 책 표지에도 그런 얼굴을 떡 하고 박아 넣는 거지." 그에 따르면, 내용보다는 이미지가 중요하다는 거였다. 뭔가 생로병사를 초월하여 미래를 예지하고 있는 현대판 도사나 신선 이미지가 세간에 "먹힌다"는 거였다. 아닌 게 아니라, 각종 신선도에 나오는 신선들은 다 그렇게 생겼다.

현대가 되어 자칭 신선은 줄었으나, 신선 비슷한 역할을 하는 사람들은 여전히 존재한다. 앞일을 예언하기도 하고, 점을 보아주기도 하며, 사람들의 존경과 돈을 끌어모으는 이들. 즉 도사나 점쟁이나 재야의 지략가다. 자기 현재가 불안하고, 미래가 궁금한 사람들은 그들을 찾아가 아낌없이 복채를 지불하고, 자기 팔자를 알고자 들고, 한국의 앞날에 대한 조언을 듣기도 한다. 이들은 논리적 토론을 하기 위해 온 것이 아니라 권위적인 진단과 예언을 듣고자 온 것이므로, 도사나 점쟁이도 그에 걸맞은 외모를 갖추는 것이 좋다. 머리를 확 밀거나, 아니면 길게 기르거나.

외모만큼 중요한 것이 수사법이다. 아까 그 사업가는 내게 강연할 때 수사법도 바꾸라고 조언했다. 대학교수랍시고 논리적인 주장을 조목조목 늘어놓으면 사람들이 경청하지 않는다는 거였다. "사람들 마음을 휘어잡으려면, 논리적이 아니라 권위적으로 말해야 하오." 현대판 도사 혹은 점쟁이의 경우도 마찬가지가 아닐까. 불안에 시달린 나머지 생면부지의 사람을 찾아온 이에게 논리적인 말을 늘어놓아보아야 별 소용 없다.

그래서일까. 시중의 점쟁이들은 대개 자신을 찾아온 사람들에게 일단 반말을 한다. 문 열고 들어오는 고객에게 대뜸 그러는 거다. "왔어?" 점쟁이가 반말을 한다고 해서, "응, 왔어" 이렇게 반말로 응답할 고객은 드물다. 누구는 반말을 하고 누구는 존댓말을 한다면, 그 둘 사이에 위계가 이미 생긴 것이다. 이제 윗사람이 하는 말은 어지간하면 다 그럴듯하게 들린다.

점쟁이가 고객의 과거, 현재, 미래에 대해 단정하듯이 떠들어댄다. 오, 그럴듯한데. 역시 용해. 거기에 그치지 않고 남편에 대해서도 한마디 한다. "당신 남편, 외롭고 소심하기 이를 데 없는 사람이야. 잘 보살펴." 고객이 의아해서 반문한다. "우리 그이는 사람들과 잘 어울리는 적극적인 성격인데요?" 자기 단언이 틀렸다고 이 대목에서 점쟁이가 위축되면 권위가 실추된다. 차라리 냅다 소리를 지르는 거다. "네가 남편에 대해 뭘 알아! 같이 산다고 다 아는 줄 알아!"

현대판 신선을 찾아 점집에 가지 말라는 말이 아니다. 누구에게나 꿈꿀 권리가 있듯이, 오늘날에도 신선을 상상하고, 그 상상 속에서 자기 삶을 풍요롭게 할 권리가 있다. 다만 문제는 그것에 과학의 지위를 부여할 때 생긴다. 일본의 극작가 데라야마 슈지는 「미신을 믿을 권리」라는 글에서, 꿈에서 이웃집 부인의 엉덩이를 만졌다고 다음 날 아침 이웃집에 찾아가 사과할 필요는 없다고 말한 바 있다. 내게 "지난밤에 고마웠어요"라고 말한 독자는 지난밤 꿈속에서 도대체 내게 무슨 일을 한 것일까.

숲을 보려면 숲속에서 나와야

가로로 보면 산마루요, 세로로 보면 산봉우리구나.
멀고 가깝고 높고 낮음에 따라 모습이 각기 다르네.
여산의 진면목을 알지 못하는 건,
내가 여산 속에 있기 때문이지.

— 소식, 「제서림벽(題西林壁)」

“에베레스트산을 정복하다!”, “에베레스트산을 처음 정복한 사람은 누구인가”, “한국인 최초로 에베레스트산 정복했다!” 이런 말들은 터무니없다. 에베레스트산 입장에서 얼마나 어이없겠는가. 쓰레기 분리수거도 쩔쩔매는 자그마한 생물이 천신만고 끝에 기어 올라와서 정복 운운하다니. 개미가 천신만고 끝에 인간 발끝에서부터 기어 올라와, 중간에 죽어 나가기를 거듭한 끝에, 간신히 정수리까지 올라와서 외치는 거다, 인간을 정복했다! 어이없지 않은가. 개미도 인간을 정복한 적이 없고, 인간도 에베레스트산을 정복한 적이 없다. 에베레스트산에 고생 끝에 간신히 다녀온 사람만 몇 명 있을 뿐.

1084년 봄, 소식은 에베레스트산 대신 강서성에 있는 여산(廬山)에 다녀온다. 그리고 "여산을 정복했다!"라고 외치지 않는다. 그 대신 저 유명한 「제서림벽」이라는 시를 지어 여산 서쪽에 있는 서림사 벽에 써놓는다. 산속에 있기에 산의 진면목을 모른다니, 미숙한 등산인이라면 질색할 내용이다. 죽을 고생을 해서 험준한 산속까지 왔건만, 산속에 있기에 산의 진면목을 모른다니.

이런 체험은 사람에 대해서도 마찬가지가 아닐까. "난 너 같은 놈을 잘 알아"와 같은 말은 얼마나 오만한가. 함께 살아도 알 듯 모를 듯한 게 사람이다. 동거나 결혼을 하면 상대를 잘 알게 되기 마련이다? 꼭 그럴까? 살면 살수록 잘 모르겠다는 느낌이 들 수도 있다. 사람의 넓이와 깊이는 만만치 않다. 게다가 자기가 서 있는 위치의 "멀고 가깝고 높고 낮음에 따라 모습이 각기 다르다".

왜일까? "여산의 진면목을 알지 못하는 건, 내가 여산 속에 있기 때문이지." 우리가 삶의 진면목을 알기 어려운 것은 삶의 밖으로 나갈 수 없기 때문이다. 삶의 바깥으로 나간 이는 모두 죽었다. 우리가 자기 진면목을 알기 어려운 것은 자기 밖으로 나갈 수 없기 때문이다. 자기 밖으로 완전히 나간 이는 모두 미쳤다.

인간은 인간의 한계 밖으로 나가보고 싶어서 우주여행을 떠난다. 우주여행을 하는 이유는 지구 밖을 보고 싶다는 것뿐 아니라 지구 외부에서 지구를 보고 싶다는 것도 있다. 달에 착륙해서 달 표면을 찍은 사진만큼이나 달에서 지구를 찍은 사진이 감동적이다. 보기 어려웠던 보금자리의 전모를 본 것 같은 느낌을 주기 때문이다.

소식은 「제서림벽」과 비슷한 취지의 말을 고시 공부하는 사람에게 한 적도 있다. 당시는 왕안석이라는 권력자가 획일적인 고시 교과서를 만들고 그 내용에 부응하는 이들만 관료로 뽑으려고 설칠 때였다. 1078년 소식이 서주 태수로 봉직할 때, 부하인 오관이 바로 그 획일적인 시험 공부에 골몰한다. 그러자 소식은 그에게 「해의 비유」라는 에세이를 써준다.

장님이 해가 뭔지 몰라서 눈이 환한 이에게 해에 대해 물었다. 눈이 환한 이는 해가 쟁반 같다고 대답했다. 그러자 장님은 쟁반 두드리는 소리를 듣고 해가 뭔지 감을 잡았다. 이후 종소리를 들으면 그게 해라고 여겼다. 또 다른 눈 환한 이가 말했다. 해의 빛은 촛불과 같다. 그러자 장님은 초를 만져보고 해가 뭔지 감을 잡았다. 이후 피리를 더듬어보고 그게 해라고 여겼다. 해, 종, 피리는 서로 매우 다른데도 그 장님은 그게 다른 줄 몰랐다.

우리가 알고 싶어서 애태우는 것들, 인생, 미래, 신, 우주, 도(道) 같은 것들도 다 이와 같지 않을까. 그런 것들의 진짜 모습은 미약한 인간이 파악하기에 너무 크고, 깊고, 입체적이다. "보기 어렵기로 하자면, 도가 해보다 더하다. 사람들이 도를 통달하지 못하는 것이 장님과 다를 바 없다." 왜 도를 파악하기가 이토록 어려울까? 파악 대상이 변화무쌍하기 때문이다. "모습을 바꾸어가니 어찌 전모를 파악할 수 있으리오!"

그럼에도 사람들은 자기가 진리를, 신을, 미래를 안다고 강변하곤 한다. 에베레스트산에서 에베레스트산을 정복했다고 주장하고, 여산에서 여산을 안다고 주장하고, 한국에 살면서 한국을 안다고 주장한다. 여산 속에서는 여산의 진면목을 볼 수 없는데, 한국에서 산다고 한국을 알겠는가. 살고 있다고 삶을 알겠는가. 그들은 해를 보지 못하면서 해를 파악했다고 여기는 장님과 같지 않을까. "그러므로 세상에서 도를 논하는 사람들은 각자가 본 것에 기초해서 이름 짓고, 보지 못한 바에 대하여 억측한다. 그것은 모두 도를 잘못 파악한 것이다."

사정이 이러하니 자기만은 제정신이라고 주장하는 사람, 자기 하나만큼은 똑똑하다고 강변하는 사람, 자기는 도를 파악했다고 설치는 사람을 만나면, 빨리 도망치는 게 좋다. 문제는 그런 사람들이 일으키곤 하기 때문이다. 사람이라면 누구나 한계가 있고, 누구나 은은하게 미쳐 있고, 그럭저럭 바보 같기 마련이다. 문제는 그 사실을 인정하지 않을 때 발생한다.

자기 자신과 세계와 진리와 미래를 안다는 것이 그토록 어려운 것이라면, 아예 안다는 일을 포기해야 하는 걸까. 그렇지는 않다. 도라는 것이 명료하게 정리되고, 관료 선발의 획일적 기준이 되면 안 될 뿐, 도대체 도를 알 수 없다거나, 도는 아예 존재하지 않는다는 말은 아니다. 해를 보기 어렵다고 해가 없는 것은 아니다. 쟁반, 종, 촛불, 피리는 해가 아니다. 그것들은 해의 여러 측면을 전해주는 비유에 불과하다.

삶의 목적을 향해 나아가는 것은

완공된 성당의 관리자로, 혹은 성당 의자나 운반하는 사람으로 자기 소임을 다했다고 만족하는 사람은 이미 그 순간부터 패배자다. 지어 나갈 성당을 가슴속에 품은 이는 이미 승리자다. 사랑이 승리를 낳는다. … 지능은 사랑을 위해 봉사할 때에야 비로소 그 가치가 빛난다.

— 생텍쥐페리, 『전시 조종사』

프랑스의 작가 앙투안 드 생텍쥐페리는 엄혹한 시대를 살다 간 사람이었다. 제2차 세계대전 당시 군용기 조종사였다. 전쟁이 끝나기 1년 전 어느 날, 그는 정찰 비행을 떠났다가 영원히 돌아오지 않았다. 그 유명한 『어린 왕자』를 출간한 지 1년 남짓 지난 때였다. 앞의 문장이 실린 『전시 조종사』를 출간한 지 2년 반이 지난 때였다. 생텍쥐페리는 시체조차 우리에게 남기지 않았으나, 그의 문장은 우리 곁에 남아 있다. 산다는 것이 전쟁 같다는 비유가 성립하는 한, 그의 문장은 우리를 떠나지 않을 것이다.

일본의 에세이스트 스가 아쓰코는 말년에 나직하게 회고한다. 인생의 몇몇 국면에서 어찌할 바 몰랐을 때, 『전시 조종사』의 저 문장이야말로 자신을 떠받쳐주었다고. 인간은 대체로 휘청이며 살기 마련인데, 저 문장은 대체 무슨 내용을 담고 있길래 스가 아쓰코를 지탱해줄 수 있었을까. 어떻게 20세기의 한 예민한 인간으로 하여금 생을 포기하지 않고 계속 살아갈 수 있게 해주었을까.

생텍쥐페리는 저 글에서 먼저 누가 패배자인지를 정의한다. 남들이 성당을 완성하기 기다린 뒤, 관리나 하려 드는 이야말로 패배자다. 의자를 들고 앉을 자리나 확보하려 드는 이야말로 패배자다. 인생에서 아무런 위험도 감수하지 않은 자가 패배자다. 무엇인가 걸었다가 실패한 사람은 패배자가 아니다. 아무것도 걸지 않은 자가 패배자다. 무임승차자가 패배자다. 결과적으로 아무리 많은 이익을 계산해 얻었어도, 무임승차자는 패배자다.

성당 안에서 거저 앉을 자리를 얻었는데 왜 패배자인가? 힘들이지 않고 이익을 얻었는데 왜 패배했다고 하는가? 이익을 계산하거나 추구한 것 자체가 잘못이라는 말이 아니다. 이익의 최대화는 삶의 목적이 아니라 수단에 불과하다는 것을 몰랐기 때문에 패배한 것이다. 이익을 추구하라. 그러나 답하라. 도대체 무엇을 위한 이익의 추구란 말인가? 이익을 정교하게 계산해내는 지능만 가지고는 이 질문에 답하지 못한다. 실제 『전시 조종사』의 저 구절 앞뒤로, 인간이 가진 이성과 지능의 한계에 대한 사색이 실려 있다.

아무리 열심히 손익을 따져도 무엇을 위해 살아야 하는지에 대한 답은 좀처럼 찾을 수 없다. 생텍쥐페리에 따르면, 오직 '사랑'만이 삶의 목적이라는 어려운 질문에 답할 수 있다. 이익을 계산하는 지능은 그 사랑에 봉사할 때야 비로소 진정한 가치가 있다. 성당 안에서 앉을 자리를 거저 확보하려 드는 이는 패배했다. 그는 사랑하지 않았기 때문이다.

사랑은 무엇이고, 사랑은 어디에 있는가? 그것을 인간

이 알 수 있을 리야. 사랑은 이익의 계산을 넘어선 곳에 있다는 것만 알 수 있을 뿐, 정확히 어디에 있는지 인간은 모른다. 인간이 만들 수 있는 것은 사랑이 아니라 사랑을 향한 통로다. 그것이 바로 대성당이다. 그 통로를 대성당이라고 불러도 좋고, 사원이라고 불러도 좋고, 절이라고 불러도 좋고, 성소라고 불러도 좋다. 혹은 '가람'이라고 불러도 상관없다. 일본의 불문학자 호리구치 다이가쿠는 『전시 조종사』의 저 구절을 "다 지어진 가람 안의 당지기나 의자 대여 담당자를 하려는 사람은 이미 그 순간부터 패배자다"라고 번역했다.

대성당은 어디에 있는가? 대성당은 밀실에 있지 않고 광장에 있다. 오늘날 대성당은 마천루에 가려 잘 보이지 않는다. 그러나 대성당이 한창 지어지던 중세와 르네상스 시절에 대성당은 다른 큰 건물이 없는 광장의 한복판에서 그 초월적인 위용을 드러냈다. 사람들은 대성당에 가야 신에게 가까이 갈 수 있다고 생각했다.

어떻게 하면 대성당을 지을 수 있는가? 대성당은 커다랗기에 혼자 지을 수 없다. 대성당은 함께 지어야 하기에 공적인 건물이다. 사랑을 향한 통로는 함께 지어야 한다. 대성당은 커다랗기에 단시간에 지을 수 없다. 건축가 안

토니 가우디가 설계해서 1883년에 짓기 시작한 바르셀로나의 사그라다 파밀리아 성당은 아직도 짓고 있는 중이다. 대개 사람들은 대성당의 완공을 보지 못하고 죽기 마련이기에, 자기 역할을 미룰 수 없다. 모두 함께 지어나갈 대성당을 당장 가슴속에 품어야 한다.

어떻게 하면 가슴속 대성당의 모습을 그릴 수 있는가? 미국의 소설가 레이먼드 카버는 소설 「대성당」에서 말한다. 대성당을 그리기 위해서는 반드시 맹인의 도움이 필요하다고. 눈을 뜨고 있는 사람은 대성당을 그리지 못한다고. 「대성당」에서 맹인은 자신을 환대하지 않던 눈뜬 이에게 뭔가 믿는 게 있느냐고 묻는다. 그러자 눈뜬 이는 대답한다. 아무것도 믿지 않는다고, 그래서 힘들다고. 그러고는 대성당의 모습을 그려내지 못한다. 맹인은 눈뜨고 있는 사람의 손을 쥐고 함께 종이에 성당을 그려나간다. 눈을 뜨면 삶의 수단이 보일지 몰라도 삶의 목적은 보이지 않는다. 삶의 목적을 보기 위해서는 묵상해야 하고, 묵상할 때는 눈을 감는다.

대성당을 그린 사람들은 험한 시간을 통과해간 이들이었다. 생텍쥐페리와 스가와 카버는 일찍 가족을 잃거나, 가난에 시달리거나, 알코올 중독에서 허우적대거나,

비참한 전쟁을 겪거나, 시대의 광기를 목도한 사람들이었다. 모두 '더러운 리얼리즘'을 알고 있는 사람들이었다. 더러운 리얼리즘의 대가 카버는 소설 「깃털들」에서 이웃이 안고 있는 아기가 정말 못생겼다고 불평하는 부부를 집요하게 묘사한다. 그리고 돌아와 섹스에 열중하는 부부를 묘사한다. 그러나 결국 카버는 대성당에 대해서 이야기한다. 생텍쥐페리와 스가와 카버는 더러운 현실을 보았기 '때문에' 대성당을 가슴속에 품는다. 혹은 더러운 현실을 보았음에도 '불구하고' 대성당을 가슴속에 품는다.

그래서 그는 이제 어디에 있는가

스위스 바젤의 도미니쿠스 수도원 공동묘지에는 '죽음의 춤'을 소재로 한 벽화가 있었다. 그중 하나는 해골 둘이 아이를 둘러싸고 춤추며 노래하는 그림이다. 해골이 노래한다. "아장거리는 아가야, 너 역시 춤을 배워야 해/네가 울든 웃든 네 자신을 지킬 수 없어/네가 젖먹이라고 할지라도 죽음의 순간에는 아무 소용이 없지." 아이가 놀라서 말한다. "아, 엄마. 어쩌면 좋죠/앙상한 사람이 절 데려가려고 해요/엄마 절 지켜줘요/전 춤을 배워야 하는데, 죽기엔 아직 일러요."

이 노래가 그토록 강렬하게 들리는 이유는 어린아이에게도 죽음이 닥칠 수 있다는 엄연한 사실 때문이다. 죽음은 대체로 노인에게 찾아오긴 하지만, 남녀노소를 가리지 않는 게 죽음이기도 하다. 18세기 독일 화가 다니엘 니콜라우스 호도비에츠키의 1780년 동판화 역시 그런 냉정한 사실을 주제로 삼는다. 엄마 혹은 유모가 졸고 있는 틈을 타서 해골 모습의 사신(死神)이 아이를 빼앗아 가고 있다. 이 그림을 보고 있노라면, 당신 아이가 죽음의 위험에 빠지지 않도록 조심하라는 경고가 들리는 듯하다.

어른뿐 아니라 아이도 죽을 수 있다는 사실을 상기시키는 그림은 중국에도 있다. 그중에서도 남송 시기 궁정 화가였던 이숭의 〈고루환희도(骷髏幻戲圖)〉가 단연 주목할 만하다. 커다란 해골이 작은 해골 인형을 가지고 아이를 꾀어내고 있다. 해골의 신기한 인형 놀이에 매혹된 아이가 다가가자, 누이 혹은 유모로 보이는 이가 아이 뒤를 부랴부랴 좇는다. 왼편에는 결코 아이를 뺏기지 않겠다는 듯 엄마가 단호한 자세로 아이를 꼬옥 끌어안고 있다.

이 흥미로운 그림은 도대체 어떤 장면을 묘사한 것일까? 일설에는 이 그림이 가설무대의 인형극 공연 모습을 묘사했다고 하나, 그림에 가설무대는 없다. 해골이 속이 훤히 보이는 얇은 옷을 걸친 것을 보면, 늦봄이나 여름날의 한 장면 같다. 그래서 이 그림이 단오절의 한 장면을 묘사한 거라고 보기도 한다. 생명 에너지가 넘치는 아이가 죽음을 상징하는 해골에게 다가가고 있으니, 이것은 혹시 생명과 죽음의 거리가 멀지 않다는 사실을 말하려는 것일까, 아니면, 생과 사의 충돌 혹은 모순을 상징한 것일까? 그림 왼쪽 위에 있는 '오리(五里)'라는 길 표지판은 인생이란 결국 하나의 여행이라는 말을 전하는 것일까? 아니면 진정한 도(道)를 찾으라는 뜻의 제안일까?

왼쪽에 그려진 물건들을 감안할 때, 이 그림은 일단 화랑도(貨郎圖) 장르의 연장선에 있다. '화랑'이란 거리를 다니면서 일용잡화류를 파는 행상을 말한다. 이숭은 저명한 궁정화가였지만, 화랑도 같은 풍속화 역시 즐겨 그렸다. 궁정화가 이종훈에게 배워 저명한 화가가 되기 전에는 소박한 목수에 불과했으니, 그 풍속화들은 젊은 시절 삶의 체험을 반영한 것인지도 모른다.

그러나 〈고루환희도〉는 단순한 화랑도가 아니다. 〈고루환희도〉에 나오는 '고루'라는 말이 나타내듯이, 이 그림의 가장 중요한 소재는 해골이다. 실로 이숭은 해골에 지속적인 관심을 보였던 것 같다. 이숭이 그린 화랑도에는 아이들, 아이 엄마, 행상뿐 아니라 해골이 종종 등장한다. 명나라 기록에 의하면, 이숭은 〈고루환희도〉나 화랑도 이외에도 해골이 수레를 끄는 모습의 〈고루예거도(骷髏拽車圖)〉, 동전 한가운데 해골이 앉아 있는 모습의 〈전안중좌고루도(錢眼中坐骷髏圖)〉 같은 해골 소재 그림들을 다수 그렸다. 동서고금을 막론하고 해골은 죽음을 상징하니, 이숭이 죽음이라는 주제에 천착했던 것은 틀림없는 것 같다.

이 특이한 해골 그림을 통해서 이숭은 무엇을 말하려는 것일까? 보는 즉시 관객의 눈을 사로잡는 〈고루환희도〉의 궁극적 의미에 대해서는 아직도 이견이 분분하다. 죽음은 부귀와 귀천을 가리지 않는다는 취지의 '죽음의 춤' 장르화라는 해석, 단오절의 의미를 새기고 있는 그림이라는 해석, 남송 황실의 퇴폐적인 향락 문화를 에둘러 비판하는 그림이라는 해석, 힘겨운 백성들의 삶에 동정을 표하는 그림이라는 해석, 전진교(全眞教)라는 종교의 교의를 구현한 그림이라는 해석 등 그간 제출된 해석만 해도 다양하기 이를 데 없다.

중국 문화 전통에서 해골 이야기는 『장자』「지락(至樂)」 편에서 먼저 나온다. 장자가 해골에게 다시 삶을 받겠느냐고 권하자, 해골은 군주도 신하도 없는 죽음의 세계에 머물겠노라며 그 제안을 사양한다. "내 어찌 인간 세상의 고단함을 다시 반복하겠는가." 이러한 메시지를 계승한 전진교의 가르침에 따르면, 현실은 환상이고 인간은 결국 백골이 되기 마련이니, 너 나 할 것 없이 미망(迷妄)을 버리고 깨달음을 얻어야 한다.

아직 미망에 사로잡힌 (우리) 보통 사람들은 오늘도 허무한 일상 속을 그림자처럼 걷는다. 마치 셰익스피어의 희곡 「맥베스」의 주인공처럼. "인생이란 걸어 다니는 그림자, 불쌍한 연극배우에 불과할 뿐/무대 위에서는 이 말 저 말 떠들어대지만/결국에는 정적이 찾아오지, 이것은 하나의 이야기/바보의 이야기, 분노에 차 고함치지만/아무 의미도 없는."

우리가 죽음과 대화하는 방법

불확실성으로 가득한 이 삶에서 그래도 확실한 것이 하나 있다. 좋건 싫건 이 삶이 언젠가는 끝난다는 것이다. 그래서 중세 유럽의 몇몇 광장에는 “죽음은 확실하다. 다만 그 시기만 불확실하다(mors certa hora incerta)”라고 적혀 있곤 했다.

죽음은 어쩔 수 없지만, 죽음에 대한 태도는 어쩔 수 있다. 죽음이야 신의 소관이겠지만, 죽음에 대한 입장만큼은 인간의 소관이다. 즐거운 인생을 사는 이에게야 죽음은 더없이 안타까운 일이겠지만, 고단한 인생을 사는 이에게는 죽음이 반가운 소식일 수도 있다. 오스트리아 메트니츠 납골당 외벽에는 이렇게 적혀 있다. “산 자들이 당신에게 잘해주지 않았겠죠. 그러나 죽음은 당신에게 특별한 은총을 베풀어요." 이런 글귀는 사회가 그에게 얼마나 가혹했는지 암시한다.

실로 죽음의 의미는 받아들이기 나름이다. 영원히 살 수 없으니 매 순간 열심히 살아보자고 할 수도 있고, 부, 명예, 권력 같은 세속적 가치가 덧없다고 여길 수도 있고, 어차피 죽는 인생을 쾌락으로 가득 채워보자고 마음먹을 수도 있고, 현세의 즐거움에 한계가 있다고 깨달을 수도 있다. 스페인의 몬세라트 수도원이 소장하고 있는 무도가(舞蹈歌) 필사본에는 이렇게 적혀 있다. "우리는 서둘러 죽음을 맞이하러 가네. 더 이상 죄를 범하고 싶지 않아서."

언젠가는 닥칠 죽음에 압도당하지 않으려면, 죽음을 '대상화'할 필요가 있다. '죽음의 춤(Danse Macabre)'이라는 예술 장르는 바로 그런 대상화의 산물이다. 이 장르에 속하는 작품에는 대개 춤추는 해골이 등장한다. 해골은 죽음의 소식을 가져오는 사자(使者)를 의미할 때도 있고, 의인화된 죽음을 나타낼 때도 있다. '죽음의 춤'은 유럽 중세 후기에 크게 유행했다. 그 작품들에서 자주 반복되는 메시지가 있다. 가장 흔한 것은 삶이란 결국 허망한 것이라는 메시지다. 그에 못지않게 자주 등장하는 메시지는 평등이다. 살면서 어떤 향락을 누리고 어떤 고귀한 신분을 가졌든 죽음 앞에서는 모두 같다. 신분 사회에서 이 평등의 메시지는 한층 강렬하게 다가왔을 것이다. 독일 화가 한스 홀바인 2세의 작품에 보이는 것처럼, 용맹한 기사나 신실한 성직자도 죽음을 무찌를 수 없다. 이 16세기 작품에 나타난 것처럼, 신분이 고귀하다고 죽음을 피할 수 있는 것도 아니다. 별개의 인생 행로를 걷던 이들이 마침내 하나 되는 길이 바로 죽음이다.

죽음은 왜 춤을 추고 있는가? 죽음의 춤을 집중적으로 연구한 학자 울리 분덜리히조차도 이 장르에 체계적인 요소는 없다고 단언할 정도이니, 시대를 초월하여 그 춤의 의미를 규정할 수는 없다. 춤에는 주술적 성격이 있으니, 죽음의 춤은 생사가 갖는 비합리성이나 불경함을 뜻할 수도 있다. 죽음이라는 게 슬퍼할 일이 아니라, 춤추며 기뻐할 일이라는 역설적인 의미를 담고 있을 수도 있다. 춤이 동반하는 움직임이란 결국 생명의 표현이니, 마지막 생명의 약동을 나타낸 것인지도 모른다.

이 중에서 가장 의미심장한 것은 죽음의 춤이 다름 아닌 배움의 대상이라는 점이다. 파리의 생이노상 수도원

벽화에 적힌 대화시(對話詩)에는 이런 대목이 있다. "여기에 유한한 인생을 올바르게 마치기 위해/명심할 교훈이 있네/그것은 바로 죽음의 춤/누구나 이 춤을 배워야 하네." 배워야 한다는 말은 거저 얻어지지 않는다는 뜻이다. 거저 얻어지지는 않지만, 노력하면 얻을 수 있다는 것을 의미하기도 한다. 인간은 누구나 죽는다는 점에서 죽음의 춤은 죽기 전에 꼭 배워야 하는 필수과목이다.

그래서일까. 스오 마사유키 감독의 영화 〈쉘 위 댄스〉(1996)의 주인공 스기야마는 중년이 되어 느닷없이 춤을 배우기 시작한다. 사회에서 요구하는 나이에 결혼하고, 사회에서 요구하는 대로 자식을 낳고, 사회에서 기대하는 대로 은행융자를 받아 집 장만을 한 나름 성공적인 직장인 스기야마. 그는 어느 날 사교댄스를 배우기 시작하고, 그러지 않고는 찾지 못했을 자신을 찾게 된다.

이미 중년이 된 스기야마가 춤을 배우는 일은 쉽지 않다. 몸과 마음이 경직되어 있기 때문이다. 사회에서 요구하는 규범대로 살아온 그의 마음이 유연할 리 없다. 출퇴근에 급급했던 그의 몸도 유연함과는 거리가 멀다. 그러나 춤을 추기 위해서는 몸과 마음이 유연해져야 한다. 나이가 들수록 경직이란 과제와 싸워야 한다. 몸이든 마음이든. 죽은 뒤에야 비로소 사후 경직이 찾아온다.

춤에는 흥과 리듬이 필수다. 그뿐이랴. 막춤 아사리판이 아니라, 사교댄스에는 파트너가 필요하다. 파트너란 합을 맞추어야 하는 존재. 파트너와 조화를 이루려면 어느 정도 정신줄을 놓되 완전히 놓지는 않아야 한다. 춤은 배우기 쉽지 않은 고난도의 예술이지만, 동시에 즐길 수 있는 유희이기도 하다. 인생 행로에서 맞닥뜨리는 모든 것을 댄스 파트너로 간주할 수 있다면 얼마나 좋을까. '죽음의 춤' 장르에 따르면, 인생의 마지막 댄스 파트너는 다름 아닌 죽음이다. 심신이 유연하다면, 심지어 죽음마저도 유희의 대상으로 삼을 수 있겠지.

삶의 수레바퀴 아래서

시시포스의 노동

그리스 신화에는 감히 신에게 도전한 이들이 나온다. 제우스의 아내 헤라를 유혹한 익시온, 인간에게 불을 건네준 프로메테우스의 증손자답게 죽음의 신을 능멸한 시시포스, 신들을 시험하기 위해 아들 펠롭스를 삶아서 대접하려고 한 탄탈로스. 19세기에 출판된 호라티우스 작품집 속 삽화에 나오는 것처럼, 이 불온한 삼인방은 각기 가혹한 형벌을 받았다. 익시온은 불붙은 수레를 영원히 끌게 되었고, 탄탈로스는 눈앞에 먹을 것을 두고도 영원히 먹고 마실 수 없는 처지가 되었다. 그리고 시시포스는 지하 세계에서 하염없이 다시 굴러떨어지는 바위를 밀어 올리는 형벌을 받았다.

이 삼인방 중에서 시시포스가 그림의 역사에서 누리는 생명력은 인상적이다. 먼저 기원전 510년경 고대 그리스시대에 제작된 저장 용기, 암포라를 보자. 맨 오른쪽에 가파른 언덕 위로 바위를 굴려 올리고 있는 시시포스를 발견할 수 있다. 그로 인해 이 그림의 배경이 지하 세계임을 알 수 있다. 일단 지하 세계라는 것을 알게 되면, 맨 왼쪽에 흰 턱수염을 한 이가 지하 세계를 관장하는 신 하데스라는 것도 간취할 수 있다.

그리스 신화에서 지상의 신들은 열정적으로 사랑하고 질투하고 희희낙락하며 하루하루를 보낸다. 반면, 하데스는 지하에서 고독하고 어두운 나날을 보낸다. 그러던 어느 날 하데스는 수선화를 따러 나온 곡물의 신 데메테르의 딸 페르세포네를 납치하여 왕비로 삼는다. 화가 난 데메테르의 강력한 요구로 페르세포네는 1년 중에서 3분의 2는 어머니와 함께 지상에서 생활하고 나머지 3분의 1은 지하에서 하데스와 보내게 된다. 페르세포네가 지하로 돌아갈 때가 되면 데메테르가 근심해서 추운 겨울이 오고, 페르세포네가 지상으로 돌아올 때가 되면 데메테르가 기뻐해서 화창한 봄이 온다. 암포라 그림 한가운데서 곡물 신의 딸답게 곡물을 들고 서 있는 이가 바로 페르세포네이다.

신화 세계의 주인공이던 시시포스는 어느덧 인간 세계를 묘사하는 데도 등장하기 시작한다. 암스테르담에서 활동하며 3,000여 점의 판화를 제작한 판화가 얀 라위컨의 1689년 작품을 보자. 여기서 시시포스 이미지는 인간 세계를 묘사하기 위해 적극적으로 활용된다. 바윗돌 굴리는 이가 신화 속 존재가 아니라 평범한 인간들이라는 사실은 복수의 사람들이 바윗돌을 굴리고 있다는 점에서 잘 드러난다. 게다가 그림의 배경에 묘사된 햇볕은 이곳이 시시포스가 바윗돌을 굴리던 지하 세계가 아니라 인간들이 하루하루를 살아가는 지상 세계임을 일러준다.

그러나 햇볕은 뒤에서만 화창할 뿐 그림 전면부는 여전히 어둡다. 인간들이 고단한 노역에 시달리고 있기 때문이다. 노동하고 있다는 사실 자체가 그 세계를 어둡게 만드는 것은 아니다. 그림을 좀 더 자세히 들여다보면, 오른쪽에는 화창한 날씨 속에서 사냥을 즐기거나 나무 그늘에 앉아 휴식을 취하는 인간들이 묘사되어 있다. 이 대조적인 모습이 인간 세계를 한층 더 어두운 곳으로 만든다. 즉 고단한 노역이 인간을 괴롭힐 뿐 아니라, 노역을 면제받은 타인이 취하는 휴식이 한층 더 그 세계를 어둡게 만든다. 바위를 굴리는 사람들은 자문할지 모른다. 왜 이 고통의 공동체에서 저들만 예외가 될 수 있는가, 모두 휴식할 수 있는 세계가 아니라면 차라리 모두 노역하는 세계를 다오. 이렇게 묻는 그들의 마음은 인간 세계만큼이나 어둡다.

얀 라위컨은 바위 굴리는 모습을 묘사하는 데 그치지 않고, 바위가 다시 굴러떨어지는 모습에 초점을 맞춘다. 르네상스 시기 이탈리아 화가 티치아노는 시시포스가 바위를 들어 올릴 때 짓는 어두운 표정과 불거진 근육에 집중했다. 그러나 얀 라위컨은 바위가 다시 굴러떨어지는 순간을 포착한다. 이것은 얀 라위컨이 노역의 고단함뿐 아니라 노역의 덧없음에도 주목했음을 보여준다.

바위가 그렇게 덧없이 굴러떨어진 뒤 터덜터덜 다시 걸어 내려와야 하는 과정에 주목한 사람이 바로 20세기 프랑스 문단의 총아 알베르 카뮈다. 터덜터덜 걸어 내려오는 시시포스가 무슨 생각을 하는지 탐구한 결과가 바로 카뮈의 그 유명한 『시시포스 신화』다. 카뮈에 따르면, 인간은 자살하지 않고 그 끝나지 않는 고통을 향해서 다시 걸어 내려올 수 있다. 거기에 인간 실존의 위대함이 있다.

21세기가 되었어도 시시포스 신화는 계속된다. 끝을 모르는 과학기술의 진보는 인간이 신에게 도전하는 과정인지도 모른다. 인간의 수명은 계속 연장되고 있으며, 인공지능의 발달은 인간을 노역으로부터 마침내 해방시킬지도 모른다. 늘어난 여가가 모두에게 고루 돌아가는 사회를 창출하고 실천할 수만 있다면. 정말 그런 세상이 온다면 꿈에도 그리던 유토피아가 펼쳐질지 모른다. 인간은 마침내 시시포스의 형벌에서 벗어나게 되는 것이다. 바위를 산정에 올려다 놓고 시야에 펼쳐지는 파노라마를 감상하기만 하면 될 것이다. 그러나 일이 없어진 인간에게는 권태가 엄습하기 마련. 아무도 시키지 않았는데, 이제 시시포스는 자기가 알아서 바위를 산 아래로 굴리기 시작한다. 권태를 견디기 위해서 다시 일하기 시작하는 것이다.

삶을 구원하는 일

일하는 사람은 일할 기운을 줄 양식을 얻으려고 매일 기를 쓰며 일한다. 그리고 그 일하는 과정에서 다시 그 기운을 소진한다. 일하기 위해 살고, 살기 위해 일하는 슬픔의 쳇바퀴를 돌린다. 마치 매일의 양식이 노곤한 삶의 유일한 목적이고, 노곤한 인생 속에서만 매일의 양식이 얻어지는 것처럼.

영국의 작가이자 언론인 대니얼 디포의 『로빈슨 크루소』는 알다시피 무인도에 불시착한 로빈슨 크루소가 개고생하는 이야기다. 남들은 꿈도 못 꿀 희한한 체험과 고생 끝에 로빈슨 크루소는 28년 만에 귀국한다. 그런데 이게 끝이 아니다. 『로빈슨 크루소』가 그만 엄청난 베스트셀러가 되어버린 것이다. 열광적인 반응에 고무된 작가 대니엘 디포는 내친김에 속편 『로빈슨 크루소의 다음 여행』을 쓴다. 이제 로빈슨 크루소는 다시 떠나야 한다. 앞의 문장은 바로 그 속편에 나온다.

떠나는 사람들은 대개 자신이 속해 있던 세계에 불만을 가지고 있기 마련이다. 로빈슨 크루소가 또 먼 길을 떠나야 하는 이유를 설명하기 위해서, 대니얼 디포는 남아 있는 자들이 견뎌야 하는 고단한 일상을 보여준다. 일하는 사람들 대부분이 매일매일 얼마나 슬픈 쳇바퀴를 돌리고 있는지를 냉정하게 묘사한다. 목숨을 부지하기 위해서는 양식이 필요하고, 양식을 얻기 위해서는 일해야 하고, 그 일이 반복되다 보면 그저 양식을 벌기 위해서 삶을 지속하는 자신을 발견한다. 살기 위해 먹고, 먹기 위해 산다. 대니얼 디포가 살던 18세기 영국은 이미 분업에 기초한 산업화와 상업화가 상당히 진행된 사회였다. 분업화된 세계의 한 부속품으로서 사람들은 점점 더 노동과 삶으로부터 소외되었다. 정도 이상으로 상업화된 사회에서 살아남기 위해서는 자신을 상품으로 만들어야 하고, 상품이 된 자신은 내다 팔기 위한 상품을 만들기 위해서 원하지 않는 노동에 종사해야 한다. 그러한 노동으로부터 보람이나 의미나 즐거움을 찾기는 쉽지 않다.

이 메마르고 고단한 삶으로부터 어떻게 벗어날 수 있을까? 쉬기만 하면 되는 것일까? 각종 기술혁신을 통해서 노동 시간을 최대한 줄이고, 긴 여가를 확보하기만 하면 되는 것일까? 로빈슨 크루소의 아버지는 기나긴 여가에 반대한다. 여가가 넘치는 상류층이 되면 오만과 사치와 야심으로 마음이 쑥대밭이 되고 말 터이니 평범하게 일하는 사람으로 살아가라고 아들에게 충고한다. 지나친 여가에 반대하기는 제2차 세계대전 이후 일본 문화계에서 활약한 아베 고보도 마찬가지다. 아베 고보는 대표작 『모래의 여자』에서 정처 없는 시간을 견디게 하는 힘이 노동에 있다고, 노동만이 노동을 극복할 수 있다고 말한 적이 있다.

그 무엇으로도 채워지지 않는 공허한 시간은 실로 공포스럽다. 미국의 싱어 송 라이터, 패티 스미스가 말한 대로 우리는 그냥 살기만 할 수는 없기에 무엇인가 해야 한다. 공허한 시간의 검은 입이 당신을 삼키기 전에 일을 해야 한다. 19세기 영국의 디자이너 윌리엄 모리스 역시 여가는 인간을 구원하지 못한다는 것을 잘 알고 있었다. 지나친 여가는 인간을 공허하고, 무료하고, 빈둥거리고 낭비하게끔 만든다. 노동을 없애는 것이 구원이 아니라 노동의 질을 바꾸는 것이 구원이다. 일로부터 벗어나야 구원이 있는 것이 아니라, 일을 즐길 수 있어야 구원이 있다. 공부하는 삶이 괴로운가? 공부를 안 하는 게 구원이 아니라, 재미있는 공부를 하는 게 구원이다. 사람을 만나야 하는 게 괴로운가? 사람을 안 만나는 게 구원이 아니라, 재미있는 사람을 만나는 게 구원이다.

그렇다면 젊었을 때 적성에 안 맞고 재미없는 일을 참아가며 해서 큰돈을 번 뒤, 여생을 여가를 즐기며 느긋하게 살겠다는 계획은 근본적으로 문제가 있다. 적성에 안 맞고 재미없는 일이라면, 그저 돈 때문에 해야 하는 노동이라면, 과정 자체가 불행할 것이다. 그러한 과정을 통해 결국 돈을 모으지 못해도 불행하지만, 계획대로 큰돈을 벌어 긴 여가를 누리게 되어도 불행하다. 긴 세월 그를 기다려준 것은 정작 뭘 해야 할지 모르는 긴 여가일 터이므로. 인간은 일을 하며 살아야 한다.

그러면 어떻게 해야 일을 즐길 수 있나? 윌리엄 모리스는 1879년 2월 19일 버밍엄 예술협회와 디자인학교 학생들을 대상으로 한 강연에서 바로 저 『로빈슨 크루소의 다음 여행』의 구절을 인용하며 주장한다. 예술이 우리를 구원할 것이라고. 급조된 마을 벽화나 빌딩 앞에 의무적으로 설치된 어리둥절한 대형 조형물이 우리를 구원할 거라는 말이 아니다. 단지 팔기 위해 허겁지겁하는 노동이 아니라, 실생활에 필요한 좋은 물건을 만들기 위한 공들인 노력, 그리하여 일상의 디테일이 깃든 작은 예술과 그 아름다움이야말로 우리를 구원할 거라는 말이다. 그것들이야말로 우리의 노동을 즐길 만한 것으로 만든다.

그리하여 윌리엄 모리스는 인간을 비천한 노동으로 내모는 무지막지한 산업화와 상업화에 저항하며, 사회주의의 가치를 내세웠다. 그렇지만 혁명의 구호가 울려 퍼질 광장에 세워질 거대한 이념적 조각 작품을 만들거나, 대형 운동장에서 행해질 집단 체조 디자인에 종사하지 않았다. 그 대신 일상을 채우는 벽지, 직물, 가구 등의 디자인과 생산에 주력했다. 일상의 물품에 깃든 아름다움이야말로, 그런 아름다움을 만들기 위해 하는 공들인 노동이야말로, 삶을 결국 구원하리라고 굳게 믿으면서.

꿈속에서 울다가 아침이 되어 깨어나면, 여느 때와 마찬가지로 해야 할 일이 놓여 있을 것이다. 누군가 시킨 일이기에 자발성을 느낄 수 없는 일, 굶어 죽지 않기 위해서 마지못해 해야 하는 일, 인생을 파멸의 구덩이로 밀어 넣지 않기 위해서 하지 않을 수 없는 일, 의미도 즐거움도 없는 일, 하고 싶은 일이 아니라 해야만 하는 일, 아름답지 않은 일들이 우리 앞에 길게 놓여 있을 것이다. 이 길에 끝이 있기나 할까. 목표로 할 것은 이 하기 싫은 일을 해치우고 보상으로 받을 여가가 아니다. 구원은 비천하고 무의미한 노동을 즐길 만한 노동으로 만드는 데서 올 것이다.

후회 없이 사는 삶이란 무엇인가

유학 시절에 공부를 지나칠 정도로 치열하게 하는 후배를 만난 적이 있다. 왜 그토록 열심히 공부하느냐고 물으니까, 그는 서슴지 않고 대답했다. 좀 더 근사한 배우자를 만나기 위해서! 오, 그런가. 이 대답은 오래 뇌리에 남았다. 공부를 잘할수록 좋은 배우자를 만나게 될 거라는 확신이 느껴지는 대답이었다. 인간이 짝짓기에 골몰하는 생물의 일종이라는 것을 상기하는 간명한 대답이었다.

세월이 지나 유부남이 된 그를 다시 만났다. 그는 여전히 공부를 열심히 하고 있었다. 아니 그토록 멋진 배우자를 만나 결혼까지 했는데, 왜 여전히 공부를 열심히 하고 있어? 어라, 그는 머뭇거릴 뿐 선뜻 대답하지 못했다. 만약 그 후배가 불의의 사고라도 당해서 결혼하기 전에 죽었다면 그 치열한 삶은 무의미한 것이었을까? 만약 그렇다면, 우리 삶은 너무 위태롭지 않은가. 사실 우린 언제 죽을지도 모르는데. 목표 달성 전에 갑자기 죽었다고 그 삶이 싹 무의미해져버리다니. 그래도 되는 것일까?

디즈니·픽사 애니메이션 〈소울〉(2020)은 바로 이 질문을 다룬다. 〈소울〉의 주인공 조 가드너는 미국 뉴욕에서 파트타임 음악 교사로 일하고 있다. 학생들을 열심히 가르친 덕분일까. 마침내 정규직 교사 제안을 받는다. 성공하지 못한 예술가 남편과 사는 데 지친 어머니는 그 누구보다도 이 소식을 기뻐한다. 그러나 조의 진짜 꿈은 다른 곳에 있다. 그의 삶의 불꽃은, 즉 소울(soul)은, 바로 재즈에 있다. 갈채를 받는 재즈 피아니스트로서 멋진 공연을 하는 것이 그의 꿈이다.

조는 좀처럼 자신의 소울을 실현할 기회를 얻지 못한다. 어느 날 옛 제자의 주선으로 평소 흠모하던 도러시아 윌리엄스 사중주단의 피아니스트 오디션 기회를 잡는다. 그리고 합격한다! 마침내 인생의 목표를 달성하고, 삶이 의미로 충만하게 되는 날이 온 것이다. 이런! 합격 소식을 듣고 기뻐 날뛰며 집에 돌아오다가 조는 그만 하수구에 빠져 죽고 만다. 저승에 간 조는 목표 달성 직전에 물거품이 되고 만 자기 인생을 납득할 수 없다. 그는 수단과 방법을 가리지 않고 갱생을 추구한다. 천신만고 끝에 조는 이승으로 돌아와 도러시아 윌리엄스 사중주단 연주에 참여하게 된다.

이승으로 다시 돌아왔을 때 조의 갱생이 시작된 것은 아니다. 삶이란 미리 정해놓은 목표의 수단이 아니라는 것을 깨달았을 때, 소울은 찾아내야만 할 기성의 불꽃 같은 게 아니라는 것을 깨달았을 때, 비로소 제2의 인생이 시작되었다. 유명한 연주자가 되는 데 삶의 의미가 있지 않다는 것을 깨달았을 때 갱생이 시작되었다. 이 삶은 그가 전부터 살고 싶어 했던 그 삶이 아니라, 새로운 철학에 기초한 새로운 삶이라는 점에서 진짜 갱생이다.

그 새로운 철학이란 바로 소울 재즈다. 재즈는 즉흥이다. 재즈의 핵심은 악보에 집착하는 데 있는 것이 아니라, 순간을 즐기고 궤도를 이탈해가면서 즉흥 연주를 얼마나 유연하게 해내느냐에 있다. 삶도 소울 재즈라면, 미리 정해둔 목표 따위는 임시로 그어놓은 눈금에 불과하다. 관건은 정해둔 목표의 정복이 아니라, 목표에 다가가는 과정에서 자기 스타일을 갖는 것이다.

선생이 되고 나서 공부를 지나칠 정도로 치열하게 하는 학생을 만난 적이 있다. 왜 그토록 열심히 하느냐고 물으니까, 그는 서슴지 않고 대답했다. 공부하는 순간이 좋아서요. 오, 그런가. 이 대답은 오랫동안 뇌리에 남았다. 언제 올지 모르는 영광된 내일을 위하여 오늘을 포기하지는 않겠다는 의지가 느껴지는 대답이었다. 인간은 우연의 동물이며, 순간을 살다가 가는 존재라는 것을 상기하는 간명한 대답이었다. 삶을 연주하는 재즈 피아니스트의 대답이었다.

순간을 영원과 같이

거품 인생의 덧없음

간밤에도 착실하게 늙어갔다. 얼굴에 비누 거품을 칠하고 세면대 거울 앞에 선다. 그리고 거품에 대해 생각한다. 거품은 묘하구나. 내실이 없구나. 지속되지 않는구나. 터지기 쉽구나. 존재하기는 하는구나. 확고하게 존재하는 건 아니구나. 그러나 아름답구나. 지상에서 천국으로 가는구나. 그러나 천상에 닿기 전에 꺼져버리는구나.

무엇이 거품에 비유되어왔나. 투기로 인해 가격이 치솟은 주식 같은 것들. 이유 없이 오른 가격은 곧 꺼져버릴 것이다. 상처를 남길 것이다. 선망으로 인해 치솟은 인기 같은 것들. 곧 꺼져버릴 것이다. 상처를 남길 것이다. 최고의 배우였던 고 최진실마저도 "거품 인생 살았다"라는 말을 남겼다. 희망이나 계획이 무너졌을 때, 우리는 수포로 돌아갔다는 표현을 쓴다. 어디 그뿐이랴. 인생 자체가 거품에 비유된다. 고대 로마 네로 황제 시대의 작가 티투스 페트로니우스 니게르는 기상천외한 풍자소설 『사티리콘』에서 이렇게 말했다. "우리는 파리보다도 저열하다. 파리들은 그들 나름의 덕성이라도 있지, 우리는 거품에 불과하다." 일본 만화 『죠죠의 기묘한 모험』에 등장하는 시저 안토니오 체펠리는 "인생을 거품처럼 살다간 사나이"라는 평을 받았다.

인생의 덧없음을 표현한 말로 '호모 불라(homobulla, 인간은 거품이다)'가 있다. 호모 불라를 소재로 한 작품은 꽤 오래전부터 존재해왔고 오늘날까지 면면히 이어지는데, 그 전성기는 아무래도 17세기 네덜란드라고 할 수 있다. 이른바 호모 불라 그림들에서는 예외 없이 누군가 비누 거품을 불고 있고, 그 거품은 곧 꺼질 인생의 덧없음을 상징한다.

누가 거품을 부는가? 가장 많이 등장하는 주인공은 어린이다. 왜 하필 어린이일까? 어린이는 점점 자랄 테고, 희망에 차서 꿈을 꿀 것이기 때문이다. 어린이는 아직 천

진하여 자신의 꿈과 희망이 언젠가 산산조각 날 줄을 모르다. 동글동글 방울진 비누 거품은 아름답게 두둥실 허공을 배회한다. 거품에 매혹된 아이의 시선은 거품을 따라간다. 17세기 후반 암스테르담에서 활동한 화가 힐리암 판 데르 하우언의 작품 배경에는 시간을 상징하는 해시계가 그려져 있다. 아이의 뒤에서 시간은 착실히 흘러갈 것이다. 시간이 흐르면 거품은 터지고, 꿈은 사라질 것이다.

노인이라면 결국 거품은 터지고, 꿈은 사라질 거라는 사실을 잘 알고 있을 것이다. 고대 로마의 작가 바로는 말했다. "인간이 거품이라면, 노인이야 말할 것도 없겠지." 그러나 호모 불라를 다룬 작품에서 노인이 거품을 부는 모습은 발견하기 어렵다. 인생의 허무를 이미 알고 있는 상태가 호모 불라의 주제는 아니기 때문이다. 인생의 허무를 모른 채, 마냥 거품을 불어대는 것이 호모 불라의 주제다. 따라서 그림의 주인공은 노인이 아니라 아이여야 한다. 노인의 역할은 그 그림을 보면서 자기가 어린 시절 좇았던 꿈을 떠올리는 것이다.

수많은 아이 중에서 하필 큐피드가 등장하는 호모 불라 그림들이 있다. 역시 17세기 암스테르담에서 활약한 화가 이삭 더 야우데르빌러는 아이 대신 큐피드를 그려 넣었다. 왜 하필 큐피드인가? 큐피드는 성애를 상징한다. 성애는 시간과 싸워야 한다. 계속 감정의 고조 상태를 유지할 방법이 없기 때문이다. 아무리 열정적인 성애도 시간이 흐르면 거품처럼 사라지고 만다. 학교 선생직을 때려치우고 여생을 그림과 시 창작에 몰두하며 보낸 독일 작가 프란츠 비트캄프는 노래한다. "말해주세요, 얼마나 오랫동안 나를 사랑할 수 있나요?"

호모 불라의 마지막 주인공은 해골이다. 독일 밤베르크의 미하엘스베르크 수도원의 천장을 보라. 거기에 해골이 등장하는 이유는 자명하다. 인간에게 죽음은 불가피하고, 죽음으로 인해 인생은 거품이 되기 때문이다. 그래서 어쩌라고? 계속 거품을 불 뿐이다. 노벨티 오케스트라 밴드의 1919년 히트곡 〈난 영원히 거품을 불 거예요〉의 후렴은 다음과 같다. "난 영원히 거품을 불 거예요/허공의 예쁜 거품들/그들은 높이 날아가/거의 하늘에 닿지요/그런 다음 내 꿈처럼/시들어 죽지요/우연은 언제나 숨어 있어/난 영원히 거품을 불 거예요/허공의 예쁜 거품을."

인간이 시간 속에서 살아가는 존재인 한 인생은 거품

이다. 그러나 거품은 저주나 축복이기 이전에 인간의 조건이다. 적어도 인간의 피부는. 과학자 몬티 라이먼은 『피부는 인생이다』에 이렇게 썼다. “한 사람의 몸에서 매일 떨어져 나가는 피부 세포는 100만 개 이상이고 이는 보통 집에 쌓인 먼지의 절반가량을 차지할 정도의 규모인데, 표피 전체가 매월 완전히 새로운 세포들로 교체되며 심지어 이런 흐름이 멈추지 않고 이루어지면서도 피부 장벽에 샐 틈도 생기지 않는다. … 즉, 인간의 피부는 가장 이상적인 거품 형태라고 밝혀졌다.”

아침이 오면 거품 같은 인간이 세면대 앞에서 비누 거품을 칠하고, 자신의 오래된 거품인 피부를 씻는다. 또 하루가 시작된 것이다. 부풀어 오르지만 지속되지 않을, 매혹적으로 떠오르되 결국 하늘에 닿지는 못할 하루가 시작된 것이다. 또 하루가 시작된 것이다.

붉은색과 검은색이 전하는 위로

나는 블라우스가 정말 아름다운 옷이라고 생각하지만 그렇다고 내가 선뜻 사서 입지는 않는다. 옷을 사 입을 때 명심해야 할 것은, 옷이 예쁘다고 해서 그 옷을 입은 자신이 예쁘리라는 보장은 없다는 사실이다. 옷을 사 입을 때는 단순히 예쁜 옷을 찾을 것이 아니라 자신에게 어울리는 옷을 찾아야 한다. 화려한 옷을 입는다고 꼭 자신이 화려해지지는 않는다.

치장도 마찬가지다. 나는 진주가 정말 아름답다고 생각하지만, 내 살결이 너무 하얗기 때문에, 내 목에 진주 목걸이가 어울릴 것 같지는 않다. 17세기 중국의 극작가이자 출판인이었던 이어는 『한정우기(閑情偶奇)』라는 책에서 치장이 과하면 진주가 사람을 장식하는 것이 아니라 사람으로 진주를 장식하는 셈이 된다고 말하지 않았던가. 장식의 핵심은 균형이다.

균형이 중요하기로는 그림 전시도 예외가 아니다. 옛 그림의 경우, 역사적 배경이나 상징에 대한 해설이 있으면 한층 더 풍부하게 감상할 수 있다. 생뚱맞고 난해한 현대 미술 작품의 경우도 그림 옆에 요령 있는 해설문이 붙어 있으면 감상하기가 좀 더 수월하다. 그러나 해설이 너무 과하거나 단정적이면 오히려 작품이 그 해설의 부속품으로 전락하고 만다. 풍부한 감상의 여지가 축소되지 않으려면, 작품 해설은 정성스럽되 담백한 것이 좋다.

그림책은 어떤가? 그림이 주인공이니 글은 보조적인 역할에 머물러야 할까? 아니면 삽화처럼 그림은 글을 장식하는 역할에 그쳐야 할까? 그림이 전면에 나서는 장르인 그림책에서 그림과 글의 관계는 과연 어떠해야 할까? 여기에 정답은 없다. 다만 그림과 글이 서로를 제약하지 않고 담백하게 어울리면서 독자에게 풍부한 상상의 공간을 열어주면 좋을 것이다.

그림책 『할머니의 팡도르』를 펼치면, 독자는 안나마리아 고치가 쓴 글과 비올레타 로피즈가 그린 그림이 손잡고 열어놓은 상상의 공간으로 초대된다. 여기, 물안개가 자욱한 마을의 외딴집에 고요히 늙어가는 한 할머니가 있다. 여느 사람과 마찬가지로 그 할머니 역시 고단한 삶을 살아왔다. 이제 그는 창밖의 풍경을 보며 자신이 죽을 날이 다가오고 있다는 것을 예감한다. 마침내 검은 사신이 문을 두드린다. "나랑 갑시다."

죽음을 기다리던 할머니는 당황하기는커녕 사신을 반갑게 맞이한다. 다만 할머니는 사신에게 며칠 더 이 세상에 머물다 가자고 간청한다. 단순히 죽기 싫어서가 아니라, 마을 아이들을 위해 과일과 계피를 듬뿍 넣은 크리스마스 빵을 만들어야 하기 때문에. 가차 없는 사신도 할머니의 빵 맛을 약간 보더니, 그만 정신이 아득해지고 만다. 이렇게 맛있을 수가!

빵은 생명의 음식이고, 빵 맛은 생명의 맛이고, 달콤함은 삶의 쾌락이다. 죽음의 세계로 인도하는 검은 저승사자답지 않게 할머니의 기막힌 빵 맛을 본 사신은 그만 불그레 홍조가 돌기 시작한다. 예나 지금이나 붉은색은 열정적인 삶의 색깔이다. 이 세상의 달콤함에 매료된 사신은 구운 호두, 누가, 참깨 사탕, 꿀에 졸인 밤을 먹기 위해 마침내 검은색 망토를 훌렁 벗어 던져버린다.

며칠 동안 할머니 집에 머물면서 금빛 팡도르와 핫초코의 달콤함까지 모두 맛본 사신은 더 이상 자신의 임무를 수행할 자신이 없을 정도로 풀어져버린다. 바로 이때 엄청난 반전이 일어난다. 사신이 할머니에게 해야 할 말을 할머니가 사신에게 건네는 것이다. "이제 갑시다."

할머니가 사신에게 며칠 동안 기다려달라고 했던 것은 부질없는 목숨을 그저 연장하기 위해서가 아니었다. 크리스마스를 맞은 동네 아이들, 그리고 죽음밖에 모르는 사신에게 달콤한 맛을 느끼게 해주고 싶어서였던 것이다. 그 일을 성공적으로 마무리한 지금, 할머니는 이제 침착하게 죽음을 향해 떠날 준비가 된 것이다. 이 이상하고 빵을 잘 만드는 할머니는 삶과 죽음 둘 다 기꺼이 긍정하고 수용한다.

그러나 이 빵의 장인, 할머니가 죽고 나면 그 기막힌 달콤함도 죽어버리는 게 아닐까. 할머니가 죽는다는 것은 이 세상에서 그 달콤한 빵들이 사라져버린다는 것을 뜻하는 것은 아닐까. 모든 것이 이토록 덧없어도 되는 것일까. 그렇지 않다. 할머니는 말한다. "찰다(cialda) 속에 레시피를 숨겨두었으니 이제 비밀은 아이들 속에 영원히 살아 있을 거예요. 이제 갈 시간이야." 그렇다. 인간은 영원히 살 수 없지만, 다음 세대에 레시피를 남길 수는 있다. 할머니는 레시피를 통해 영원히 살아갈 것이다.

『할머니의 팡도르』는 살아 있는 동안 인간은 삶에서 달콤함을 누릴 자격이 있다는 것, 그 달콤함에도 불구하고 인간은 언젠가 죽을 수밖에 없다는 것, 그 죽음에도 불구하고 다음 세대에게 달콤함의 레시피를 남길 수 있다는 것을 보여준다. 어쩌면 이 세 가지가 사람이 사람에게 건넬 수 있는 위안의 거의 전부다. 『할머니의 팡도르』는 단 두 가지 색, 삶을 상징하는 붉은색과 죽음을 상징하는 검은색을 사용해서 그 팡도르 같은 위안을 담백하고도 정성스럽게 독자에게 건넨다.

무엇을 원하는지 알고 싶다면

풀밭에 누워 서너 시간 동안 하늘에 지나가는 구름을 하염없이 보곤 했다는 학생이 있었다. 그는 지금 잘 지내고 있을까. 그는 왜 그토록 오랜 시간 누워서 구름을 본 것일까. 구름에서 아름다운 여인이라도 발견한 것일까. 아닌 게 아니라, 영국 시인 퍼시 비시 셸리의 시집 『구름』의 1902년판 삽화에는 구름과 더불어 여인이 그려져 있다. 여인을 본 것이 아니라면, 바지 입은 남자라도 본 것일까. 러시아 시인 블라디미르 마야콥스키는 시 「바지를 입은 구름」에서 이렇게 노래한 적이 있다. "원한다면/한없이 부드럽게 되리라/남자가 아닌, 바지를 입은 구름이 되리라."

"전 할 만큼 했어요." 지친 나머지 이 세상으로부터 퇴장하고 싶을 때, 풀밭에 누워 지나가는 구름을 본다. 아무것도 집착할 필요가 없다는 듯, 구름은 태연하게 자신을 무너뜨리고 다른 모양의 구름으로 변해간다. 시시각각으로 바뀌는 구름의 모습을 보면서, 아무것도 영원하지 않다는 것을 실감한다. 구름은 그 무엇이든 될 수 있기에 그 어떤 것도 아니다. 초현실주의 예술가 르네 마그리트의 그림 〈거짓 거울〉에 나오는 것처럼, 현실을 떠나고 싶은 눈에는 세상 대신 구름이 가득하다.

구름은 소멸의 약속이다. 구름은 언젠가 사라질 것이다. 16세기 중국의 사상가 왕수인은 사람에게는 예외 없이 완벽한 양심이 존재한다고 주장했다. 그러자 사람들이 어이없어하며 대꾸했다. 세상에 들끓는 저 이기적이고 욕심 많은 진상들은 다 뭐죠? 왕수인이라고 그 진상들의 존재를 모르랴. 그러나 왕수인이 보기에 그들의 욕심 뒤에는 어김없이 도덕적인 양심이 있다. 다만 욕심에 가려 보이지 않을 뿐. 왕수인의 제자 우중이 나서서 정리했다. "양심은 안에 있으니 결코 잃어버릴 수 없습니다. 이기심이 양심을 가리는 것은 마치 구름이 태양을 가리는 것과 같습니다. 태양이 어찌 없어진 적이 있겠습니까." 왕수인이 칭찬했다. "우중은 이처럼 총명하구나!" 노력하기에 따라 인간의 이기심을 없앨 수 있다고 보았기에 이기심을 구름에 비유한 것이다. 구름은 언제고 소멸할 수 있는 존재다.

인간은 영원을 바라고, 소멸을 아쉬워한다. 전부 그런 것은 아니다. 과도한 욕심이나 지독한 우울감은 빨리 소멸하는 것이 좋다. 알리스 브리에르아케와 모니카 바렌고의 멋진 그림책 『구름의 나날』에서 구름은 우울을 나타낸다. "아침에 일어나면 햇살마저 가려버린 구름이 머릿속을 채우고 있죠." 어김없이 우울한 하루가 시작된 것이다. "구름의 그림자는 어디에나 내려앉아요. 가장 아름다운 것에도." 그렇다. 우울은 모든 것을 슬프고 어둡게 만든다. 밝은 햇살을 가리고 존재에 그늘을 드리운다. 그러나 어느 날 문득 사라지기도 할 것이다. "잠에서 깨어보니 구름은 걷혀 있어요." 구름은 소멸의 약속이기에, 우울 역시 언젠가는 소멸할 것이다. 우울의 구름이 엄습하면, 그것이 영원하리라고 속단하지 말고, "멈추어 기다리는 게 나을 거예요".

이처럼 구름에 비유된 것들은 영원하지 않다. 언젠가는 사라질 것이다. 심지어 당신이 그토록 사랑했던 남자,

‘바지 입은 구름’마저도. 그러나 아주 사라져버린다는 말은 아니다. 구름이 사라지고 화창한 날이 다시 오듯이, 언젠가 구름도 다시 찾아올 것이다. 날이 다시 흐려질 것이다. 그래서 셸리는 시 「구름」에서 이렇게 노래했다. “구름은 대지와 물의 딸이요/하늘의 보배/구름은 바다와 강가의 틈새를 지나가며/변하기는 하지만 완전히 죽지는 않죠.”

구름은 언젠가는 사라진다. 또 언젠가는 돌아온다. 구름은 보기에 따라 소멸하는 거 같기도 하고 영원한 거 같기도 하다. 구름에 담긴 뜻을 결정하는 것은 다름 아닌 사람의 마음이다. 구름 자체야 그저 무심하게 흘러갈 뿐. 그래서 동진 시기 시인 도연명은 그 유명한 「귀거래사(歸去來辭)」에서 구름에는 마음이 없다고 노래했다. “때마침 머리 들어 멀리 보니/구름은 무심하게 산봉우리에서 나오고/날다 지친 새들은 둥지로 돌아가네.”

토정비결로 유명한 토정 이지함의 조카 이산해는 도연명에게 동의하지 않는다. 관직에서 쫓겨나서 은둔할 때 지은 『운주사기(雲住寺記)』에서 이렇게 말한다. “얽매이지 않는 존재라면 구름만 한 것이 없는데, 구름마저도 마음이 아예 없을 수는 없다.” 구름마저도 산정에 머물기를 좋아하는 경향이 있다. 그것이 바로 구름의 마음이다. 사물에 고유한 경향이 존재하는 한, 얽매임이 있을 수밖에 없다는 것이다. 정말 얽매임에서 벗어날 수 있는 존재는 구름 같은 사물이 아니라, 마음을 갈고 닦을 수 있는 인간이다. 마음을 잘 비워낼 수만 있다면, "만물과 서로를 잊을 뿐만 아니라 천지와 서로를 잊고, 천지를 서로 잊을 뿐만 아니라 내가 나를 잊을 것이다". 구름은 있었다 없었다를 반복하며 산정에 얽매일지 몰라도, 사람의 마음만큼은 노력 여하에 따라 훨훨 자유로워질 수 있다는 것이다.

기록은 과연 누구를 위한 것인가

모이고 흩어지는 것은 무상하고, 시간은 쉽게 지나가버립니다. 오랜 세월 사람들에게 전해지도록 함께 노력하면, 벗들이 자신을 갈고닦는 타산지석의 길이 될 것입니다. 당장 오늘부터 그 전하는 작업을 시작해야, 이 만남이 헛된 모임이 되지 않을 것입니다.

— 신재식, 「필담(筆譚)」

전염병이 창궐하는 시기에는 연말이 되어도 사람들이 모이기 어렵다. 모이기 어려워진 만큼, 간신히 두세 명이라도 만나게 되면 그 정(情)은 각별하기 마련이다. 각자 품에 넣어온 술을 나누어 마시고, 질세라 그 시절의 참소리들과 헛소리들을 교환한다. 그리고 정신을 차려보면 어느덧 집으로 돌아갈 시간이다. 아무리 즐거운 만남이었어도 결국 어쩐지 슬프게 느껴질 것이다. 배 위에서 경치를 즐기며 술 마시고 희희낙락했던 옛사람들도 이렇게 말했다. "잘 놀고 흐뭇했어도, 일이 지나고 보면 문득 슬프고 쓸쓸한 마음이 든다."(홍세태, 『유하집』)

이 슬프고 쓸쓸한 감정은 노년이나 연말이 되면 한층 더 심해진다. "누가 백 살을 살 수 있으리오. 지나간 날은 멀고, 올 날은 짧으며, 올라가는 기세는 더디고, 내려오는 기세는 빠른 법이다."(오광운, 『약산만고』) 왜 이렇게 슬프고 쓸쓸한 감정이 생기는 것일까? 세상 다른 일과 마찬가지로 그 즐거웠던 모임도 영속지 못함을 알기 때문이다. 아무리 귀한 만남도 시간 속에서 풍화될 것이다. 그래서 너도나도 휴대전화를 꺼내 사진을 찍어 그 즐거웠던 순간을 박제하려 든다.

십수 년 전 미국의 대학에서 가르치던 시절의 일이다. 건조하기 짝이 없는 한국의 졸업식과는 달리 그곳 졸업식은 화창한 6월 초의 날씨만큼이나 흥겨웠다. 함성과 농담과 춤사위와 행진과 음악이 어우러졌다. 그 광경이 하도 신기하고 다채로워서, 예복을 입고 내 앞을 뒤뚱뒤

뚱 지나가던 총장을 사진으로 찍었다. 찰칵! 르네상스 역사를 연구하는 학자답게 그 총장은 천천히 돌아서서 사진을 찍는 내게 장중한 농담 한마디를 던졌다. "그대는 나를 불멸화(immortalize)하려는가?"

그의 모습은 시간 속에 사라질지라도, 사진에 박힌 그 순간만은 어쩌면 (사진이 보존되는 한) 영속할지도 모른다. 나는 단순히 셔터를 누른 것이 아니라, '셔터 누름'을 통해 순간을 영원으로 만든 것이다. 불멸과 영원, 이 녀석들에 대한 욕망이라면 동서고금에 두루 발견된다. 약 200년 전 이맘때, 조선 지식인 신재식은 사신 자격으로 연경(베이징)에 갔다가, 청나라 지식인들과 귀한 만남을 갖게 된다. 특히 왕균, 이장욱, 왕희손 등과 마음이 맞아 네 번이나 회합을 갖고, 그 시절의 학술과 문화와 인생에 대해 심도 있는 대화를 나눈다. 한겨울에 국경을 넘어 이루어진 그 밀도 있는 만남이 그저 한때의 이벤트로 사라지는 것이 아쉬워, 모임의 기록을 남기자고 그들은 의기투합한다. 사진이 없던 시절, 만남을 기록하는 유일한 방법은 그림을 그리거나 글을 쓰는 것이었다. 서두의 인용문은 왕희손이 만남의 구체적인 기록을 남기자고 제안하면서 한 말이다.

그러나 글이라고 영원할 것인가. 시간의 덧없음에 대처하기 위해 글을 쓴다고 해서 개별 인생이 실제로 영생할 수 있는 것은 아니다. "사람이 천지간에 산다는 게, 군집하는 하나의 사물에 불과할 뿐이다. 홀연히 모였다가 홀연히 흩어진다. 소리 낸 것이 말이 되고, 흔적을 남긴 것이 글이 되지만, 금방 노쇠하여 적막하게 사라지고 만다. 새와 짐승이 울고, 구름과 안개가 변해 사라지는 것과 무슨 차이가 있으리오."(김매순, 『대산집』) 이렇게 탄식한 김매순도 글 쓰는 일의 각별한 의미를 아예 무시하지는 않았다. "그래도 수백 년 전 일을 바로 어제 일처럼 뚜렷하게 말할 수 있으니, 어찌 그 사람이 뛰어나고 문채와 풍류가 기록할 만해서가 아닐까."(김매순, 『대산집』)

글을 썼다면 누군가 읽어줘야 한다. 서두의 인용문에서 왕희손이 굳이 '타산지석'이라는 표현을 쓴 것도 그래서이다. 타산지석은 원래 『시경』의 「소아(小雅)」 편에 나오는 "다른 산의 (못난) 돌도 옥을 가는 데 사용할 수 있다"라는 표현에서 유래한 말이다. 못난 돌도 나름대로 쓸모가 있다는 것이다. 왕희손은 자신들이 후대 사람의 모범이 되고자 글을 남기는 게 아니라는 걸 분명히 하기 위해 저 표현을 썼다. 훗날 사람들이 자신들의 못난 글을 보고서, 나는 이렇게 멍청한 소리를 하지 말아야지라고 경각심을 갖기라도 했으면 좋겠다는 것이다. 왕희손의 말대로라면, 글 쓰는 사람은 용기를 가져도 좋다. 못난 글은 못난 글대로 누군가의 타산지석이 될 수 있으므로. 이렇게 자신을 이해해줄 독자를 상상하고 글을 쓰는 한, 시간을 뛰어넘어 필자와 독자 사이에 '상상의 공동체'가 생겨난다.

이처럼 사람들이 글을 써 남기는 것은 하루살이에 불과한 삶을 견디기 위해 영원을 희구하는 일이다. 훗날 누군가 자기 글을 읽어주기를 내심 바라는 일이다. 불멸을 원하지 않아도, 상상의 공동체를 염두에 두지 않아도, 다시 태어나기를 염원하지 않아도, 글을 쓸 이유는 있다. 작가 이윤주는 『어떻게 쓰지 않을 수 있겠어요』에서 글을 써야 할 또 하나의 이유에 대해서 이렇게 말한다. 엄습하는 불안을 다스리기 위해 쓸 필요가 있다고. 쓰기 시작하면 불안으로 인해 달구어졌던 편도체는 식고, 전전두엽이 활성화된다고. 쓰는 행위를 통해 우리는 진정될 수 있다고.

인류는 멍청한 짓을 반복하고 환경은 꾸준히 망가지고 있는데, 불멸을 꿈꾸는 것은 과욕이 아닐까. 한 해가 저물어가면 나는 고생대에 번성하다가 지금은 멸종한 삼엽충이나 암모나이트를 생각하며 글을 쓴다. 장차 멸종

할 존재로서 이미 멸종한 존재들을 떠올리며 그들과 상상의 공동체를 이룬다. 그것이 시간을 견디는 가장 좋은 방법 중 하나이기 때문에.

늙음과 나란히 걷기

성긴 존재에 불과한 필멸자

손님이 와서 물었다. 그대는 이 세상에서 자유로운 사람이요, 아니면 절도 있는 사람이요? 자유로운 사람이라고 하기에는 뭔가 못 미치고, 절도 있는 사람이라고 하기에는 욕망이 깊소. 지금은 고삐 매인 말처럼 이쪽도 아니고 저쪽도 아닌 상태로 멈추어 서 있으니 뭔가를 얻은 것이요, 잃은 것이요?

— 소식, 「설당문반빈로(雪堂問潘邠老)」

나는 큰 나무를 좋아한다. 아름드리나무를 두 팔 벌려 안고 있으면 온 우주를 안은 것 같다. 현지 답사를 가서도 큰 나무를 만나면 살포시 안아본다. 그 모습을 보는 학생들은, 오늘도 선생님이 은은하게 미쳤구나, 하는 눈초리를 하며 잠시 기다려준다. 언젠가 내 마음을 이해하는 사람들과 함께 세계 곳곳의 큰 나무를 안아보러 즐거운 답사를 떠날 것이다.

『장자』「인간세(人間世)」편을 보면, 바로 그러한 큰 나무 이야기가 나온다. 제사 지내는 곳에 심어져 있는 거대한 나무를 보고 제자가 아주 좋은 재목이라고 감탄하자, 목수인 스승이 말한다. "그러지 마라. 그렇게 말하지 마라. 저건 성긴 나무다. 저걸로 배를 만들면 가라앉고, 저걸로 관을 만들면 빨리 썩고, 저걸로 그릇을 만들면 빨리 부서지고, 저걸로 문을 만들면 진물이 흐르고, 저걸로 기둥을 만들면 좀이 슬 것이다. 재목으로 쓸 수 있는 나무가 아니다. 쓸데가 없다. 그래서 이처럼 오래 살 수 있었던 것이다."

자신을 쓸모없는 '산목(散木)', 즉 '성긴 나무'라고 부른 것이 기분 나빴을까. 그 큰 나무는 목수의 꿈에 나타나서 일장 연설을 늘어놓는다. 맛있는 과실이 달리는 나무는 바로 그 이유 때문에 사람들이 가지를 꺾고 괴롭히니, 제 명대로 죽지 못한다고. 자신은 그 꼴이 되기 싫어서 일부러 쓸모없는 존재가 되기를 원했다고. 이 쓸모없음이야말로 자신의 큰 쓸모(予大用)라고. 그러고는 목수에게 되묻는다. "내가 자잘하게 유용했으면 이렇게 커질 수 있었겠는가?"

그 나무가 감탄스러울 정도로 커질 수 있었던 것은 쓸모가 없었기 때문이다. 그리고 그것은 무능해서 그리된 것이 아니라, 자청해서 그리된 것이다. 그 결과, 자신은 오래 살고 이렇게 커질 수 있었다고. 이런 쓸모없음이야말로 어쩌면 큰 쓸모일 거라고. 이런 심오한 가르침을 남긴 뒤, 거대한 나무는 다음과 같은 말로 마무리한다. "너나 나나 다 사물이다. 어찌 사물끼리 이러쿵저러쿵하리오. 너도 죽음에 다가가는 산인(散人), 즉 성긴 사람이니 어찌 산목을 알겠는가?"

너나 나나 결국 하나의 사물에 불과하다. 바로 이 말을 통해서 큰 나무는 인간이 나무를 향해 누리는 평가 권력을 박탈한다. 눈앞의 나무를 멋대로 베고 자를 수 있는 권력을 인정하지 않는다. 너도 나처럼 하나의 사물에 불과하다고 말하는 것이다. 나무나 인간이나 결국 하나의 성긴 존재에 불과한 이유는 궁극적으로 죽게 되어 있는 필멸자이기 때문이다. 이 필멸자라는 자각은 여러 세속적 가치나 명예로부터 거리를 둘 수 있게 해준다.

'산목'이라고 불렸던 저 거대한 나무는 이제 거꾸로 목수를 '산인'이라고 부른다. 고대 중국에서 이 산인이라는 말은 일종의 욕이었다. 『묵자』「비유(非儒)」편에 이런 대목이 나온다. "군자들이 비웃자 화를 내면서 말했다. '이 산인아, 좋은 선비를 몰라보다니!'" '산(散)'이란 글자는 성글다, 띄엄띄엄하다, 치밀하지 못하다, 질서가 없다, 야무지지 못하다, 절도와 훈육이 결여되어 있다는 뜻을 담고 있다. 그래서 산인이란 쓸모없는 사람을 지칭한다.

막말에 가까웠던 이 '산인'이라는 단어는 점점 그럴듯한 뜻을 갖게 된다. 관직이 없는 지식인, 정치 권력에 다가가지 못한 선비, 은거하는 예술가 등이 겸양의 뜻을 담아 산인을 아호로 사용하게 된 것이다. 예컨대, 당나라 때 시인 육구몽은 '강호산인(江湖散人)'을 자처했다.

실제로 관직이 없는 지식인, 정치 권력에 다가가지 못한 선비, 은거하는 예술가 등은 일상생활에서 자칫 쓸모없는 존재가 되기 쉽다. 아침에 일어나서 집을 환기하는 데 한 시간 정도 시간을 쓰고, 산책에 진지하게 골몰하며, 특별한 결과를 내지 못할 창작 활동에 몰두하기도 하는데, 정작 집 밖에 나가면 매사에 서툴러서 호구 취급을 받기 십상이다. 어느 직장에서나 위장 취업자 같은 느낌을 물씬 풍긴다. 기껏 집 안이나 학교 안에서나 인간 꼴을 간신히 유지할 뿐이다.

이러한 산인이라는 말에 좀 더 심오한 의미를 부여한 사람이 바로 송나라 문인 소식이다. 소식의 세계에 이르면, 산인은 거의 자유인이라고 부를 만한 높은 경지의 인물이 된다. 소식이 생각하는 산인은 세속의 명예 따위는 잡을 수 없는 바람이나 그림자 같은 걸로 치부한다. 그러나 현실에 완벽한 자유인이 어디 있으랴. 소식은 손님의 입을 빌려 자문한다. 나는 자유로운 사람인가, 아니면 절도 있는 사람인가? 자유로운 사람이라고 하기에는 뭔가 못 미치고, 절도 있는 사람이라고 하기에는 여전히 욕망이 깊지 않은가.

산인이 되고 싶으나 감히 산인을 자처할 깜냥이 되지 않는 나는 산인 대신 '마구'를 아호로 사용하곤 한다. 말의 입을 닮아서 마구라고 하는 것도 아니고, 야구장에서 마구(魔球)를 던지는 강력한 투수이기에 마구라고 하는 것도 아니다. '마'포구에 사는 호'구'라는 뜻으로 마구라고 한다. 어디 음식점에 가면 나는 종업원에게 묻곤 한다. "뭘 먹으면 좋은지 추천 좀 해주세요." 그러면 동행이 이런 호구를 봤나, 하면서 타박을 한다. "식당 입장에서야 안 팔려서 재고가 가장 많이 쌓인 음식을 추천하겠지. 다시는 추천해달라고 하지 마.” 정말 그런가. 식당에서는 재고가 많은 음식을 추천하는가. 정말 그렇다면 나는 호구일 것이다. 마포구에 사는 거대한 호구, 마구 김영민 선생.

노년을 변호하며

인생 행로는 정해져 있다. 자연의 길은 하나뿐이며, 그 길은 단 한 번만 가게 되어 있다. 그리고 인생의 각 단계에는 고유한 특징이 있다. 소년은 허약하고, 청년은 저돌적이고, 장년은 위엄 있고, 노년은 원숙하다. 이 특징들은 제철이 되어야 거둘 수 있는 자연의 결실이다.

— 키케로, 『노년에 관하여』

오늘날처럼 사람들이 노후 대책을 마련하느라 분주하면, 16세기 프랑스의 사상가 몽테뉴는 이렇게 중얼거렸을 것이다. "당신이 늙어 죽는다는 보장이 어딨어." 그가 보기에 노년을 맞는다는 것은 희귀하고 특별한 일이다. 인간은 사고로든 질병으로든 혹은 알 수 없는 이유로든 아무 때나 죽을 수 있다. 마치 자기만큼은 자연스레 늙어서 죽을 것처럼 구는 것은 터무니없다.

인생은 고해라고 말들 하지만, 대개 죽기 두려워서 늙도록 오래 살고 싶어 한다. 이상하지 않은가. 인생이 고해라면서 오래 살고 싶어 하다니. 영화 〈애니 홀〉(1977)의 대사처럼, 그것은 음식이 맛없다면서 더 먹고 싶어 하는 것과 같다. 현자들이 말했다. 죽음은 두려워할 만한 게 아니라고. 살아 있을 때는 죽음을 경험할 수 없고, 정작 죽으면 죽음을 경험할 사람이 이미 존재하지 않는다고.

그러나 노년은 두렵다. 고대 로마의 사상가 루크레티우스는 말한다. “시간의 가혹한 공격이 우리 육신을 후려치고/사지는 허약해서 지탱할 힘이 없고/판단력은 오락가락하고 정신은 헤맨다.” 노년이 두려운 것은 그것이 쇠퇴와 허약과 결핍을 뜻하기 때문이다. 그러나 또 한 명의 로마 사상가 키케로는 동의하지 않는다. “삶의 이점이 대체 무엇이란 말인가. 삶이란 오히려 노고 아닌가.” 청년들에게는 넘치는 에너지가 있지만, 그 에너지를 소진하며 살아가야 할 고된 삶이 남아 있다. 노인은 바로 그 노고로부터 면제된 것이다.

키케로는 그러한 노년을 변호하는 과업에 착수한다. 그에 따르면, 육체적 활력은 관리만 잘하면 노년에도 크게 떨어지지 않는다. 그뿐 아니라 육체적 활력 없이도 노인이 잘 해낼 수 있는 여러 활동이 있다. 특히 '계획과 명망과 판단력'이 필요한 일들. 공부랄지, 교육이랄지, 상담이랄지 하는 것들. 한가해졌으므로 그런 일에 더욱 집중할 수 있게 된다. 그것이 너무 즐거운 나머지 "공부와 연구를 하는 사람에게는 노년이 언제 슬그머니 다가오는지 알아차리기 어렵다". 과연 그런가. 세상에는 공부와 담을 쌓은 노인들이 적지 않던데.

사람들이 젊음을 동경하는 이유는, 그 시절 특유의 활력과 감각적인 쾌락 때문이다. 키케로가 보기에 활력과 쾌락은 오히려 족쇄다. 욕망은 존재하는데 그 욕망을 채우지 못할 때가 많으므로. 노인이 되면 욕망 자체가 줄어들기 때문에 욕망의 족쇄로부터 해방된다. 쾌락을 그다지 원하지 않게 되니 아쉬움도 크지 않단다. 과연 그런가. 세상에는 노욕으로 가득한 원로들이 적지 않던데. 키케로인들 고약한 노인네들을 겪어보지 않았겠는가. 그 역시 고집 세고, 불안하고, 걸핏하면 화를 내는 괴팍한 노인들을 많이 알고 있다. 그러나 키케로가 보기에 그건 그 사람의 성격상 결함이지 노화 때문에 생긴 문제가 아니다.

키케로는 노인이 결핍 상태에 있다는 것도 부정한다. 젊은이는 뭔가를 원하지만, 노인은 그 청년이 원하는 걸 이미 얻은 상태다. 젊은이는 오래 살기를 원하지만, 노인은 이미 오래 살았다. 게다가 노인들만 누릴 수 있는 것들이 있다. 이를테면 명망이나 권위 같은 것들. 명망이나 권위는 쌓는 데 시간이 걸리므로 청년은 쉽게 누리기 어렵단다. 과연 그런가. 세상에는 무시당하는 노인들이 적지 않던데. 내가 아는 대기업 임원 한 분은 은퇴를 앞두고 미리 모욕당하는 훈련을 해야 한다고 역설한다. 직함을 내려놓는 순간 그간 받아왔던 대접들이 일제히 사라질 테니까. 교수들도 마찬가지다. 은퇴와 동시에 아무도 당신의 재미없는 아재 개그에 웃어주지 않을 것이다. 누가 당신에게 섭섭한 소리를 했다고 느닷없이 울지 않도록 훈련해야 한다.

키케로에 따르면, 노인들만 누릴 수 있는 또 하나의 특권이 있다. 다름 아닌 훌륭하게 살았다는 기억이다. 젊은이는 일단 기억해야 할 내용을 쌓아야 하는 나이니, 이러한 성취와 행복에 대한 회고의 즐거움이 잘 허락되지 않는다.

이와 같은 노년의 변호에는 중요한 전제가 있다. "이 토론이 진행되는 동안 내내 자네들은 내가 칭송해 마지않는 것이 어디까지나 젊었을 적에 기초를 튼튼하게 다져놓은 노년이라는 점을 명심해두게나." 그렇다. 노년에 건강하려면 젊은 시절부터 건강 관리를 잘해야 한다. 노년에 공부를 즐기려면 젊은 시절부터 공부에 습관을 들여야 한다. 노년에 청년들을 가르치려면 젊은 시절부터 지식을 쌓아야 한다. 노년에 쾌락에 빠지지 않으려면 젊은 시절에 놀 만큼 놀아보아야 한다. 노년에 멋진 추억에 잠기려면 젊은 시절에 멋지게 살아야 한다.

이처럼 키케로는 노인도 퇴행하지 않거나 퇴행을 보완할 수 있다고 역설한다. 그러나 내 생각은 다르다. 늙으면 퇴행한다. 퇴행하지 않을 수 없다. 그러니 퇴행을 적극적으로 즐길 필요가 있다. 바로 그 점에 노년 특유의 즐거움이 있다. 어떻게 퇴행을 즐길 수 있느냐고? 자신이 이미 이룬 것을 새삼 바라는 것이다.

박사 노인은 제발 박사학위가 있었으면 하고 바라는 거다. 그런데 이미 박사학위를 가지고 있다! 추가로 더 수고를 하지 않아도 학위가 바로 거기에 있는 것이다. 얼마나 즐거운가. 기혼자 노인은 아내와 평생을 같이하고 싶어서 아내에게 청혼하는 거다. 제발 나와 결혼해줘. "이 사람이 노망이 났나. 우린 부부잖아." 이미 결혼했다니! 이미 평생을 같이했다니! 청혼을 거절당할 두려움을 느낄 필요도 없고, 애써 짝을 찾아 헤맬 필요도 없다. 얼마나 즐거운가. 오랜 친구에게 간청하는 거다. 나와 사귀어주게. 친구가 당황하며 대꾸한다. "우린 이미 친구잖아!" 우린 이미 친구였다니! 얼마나 즐거운가. 칼럼 마감을 연장해달라고 신문사에 요청한다. "무슨 소리 하세요. 칼럼 원고 이미 보내주셨어요." 이미 원고를 보냈다니! 너무 즐겁다. 이미 이루어진 것을 소원으로 빌기. 그것이 내가 노년에 기대하는 즐거움이다.

자의식이 두려워지는 순간

나도 치매가 두렵다. 죽음은 그만큼 두렵지 않다. 죽음에 대해 잘 알지 못하므로 그에 대해 정교하게 두려워하기도 어렵다. 의식이 소멸한 죽음 상태에서는 기쁠 것도 슬플 것도 없을 것 같다. 그러나 치매는 다르다. 인지 기능은 현격히 저하되었는데, 의식은 소멸하지 않았다. 여기에서 감당하기 어려운 문제가 시작된다.

플로리안 젤러 감독의 영화 〈더 파더〉(2020)는 치매 노인 이야기다. 우리는 치매 노인에 관련된 슬프고 힘든 이야기들을 이미 많이 알고 있다. 자기 삶을 멸시해온 사람들도 정작 치매 노인을 보면, 자신이 누려온 삶의 위엄을 새삼 깨닫는다. 가능한 한 자기 의식주와 생리현상을 스스로 해결하고자 하며, 되도록 민폐를 끼치는 혹 덩어리가 되지 않고자 하는 의지는 인간의 삶을 위엄 있게 만든다. 치매를 겪는다는 것은 그런 삶의 위엄을 땅에 내려놓는 일이다.

치매 노인은 대체로 기억이 온전하지 않고, 사람들을 알아보지 못하며, 절제되지 않은 언행을 일삼는다. 자기 한 몸 건사하지 못하다가 결국 돌보아주는 주변 사람들을 지치게 한다. 급기야는 하나, 둘, 가족마저 곁을 떠나버린다. 〈더 파더〉도 이러한 익숙한 치매 에피소드를 나열한다. 여기 한 사람이 있다. 그의 이름은 안소니.

안소니가 가장 아끼는 물건은 시계다. 바니타스(vanitas) 회화가 보여주듯이, 시계는 삶의 시간이 유한하다는 사실을 상징하는 물건이다. 안소니는 한정 자원인 그 아까운 시간을 집을 마련하는 일에 투자했다. 현대 한국인들이 아파트를 사기 위하여 막대한 시간을 쓰는 것처럼. 그 안온한 집에서 오래오래 살 수 있었으면 좋으련만, 어느 날 안소니에게 치매가 온다. 그리고 치매 노인의 일상이 시작된다. 안소니의 통제 불가능한 언행에 지친 방문간병인은 모두 그의 곁을 떠나버린다. 이제 안소니는 인생을 바쳐 마련한 자기 집을 떠나 낯선 요양 병동에서 죽어가게 될 것이다.

현실에도 괴로운 일들이 넘쳐나는데, 굳이 영화에서까지 이런 에피소드를 보아야 할까. 〈더 파더〉는 치매 환자의 일상 에피소드 이상의 것을 담고 있기에 볼 가치가 있다. 영화의 오프닝 시퀀스와 마지막 시퀀스를 비교해보자. 영화 시작부. 아버지를 방문하러 또각또각 걸어오는 딸의 발걸음을 따라 오페라 음악이 흐른다. 마침내 딸이 아버지 안소니를 만나는 순간 그 음악은 '객관적으로' 울려 퍼지던 음악이 아니라 안소니가 헤드폰을 쓰고 듣고 있던 음악이었음이 판명된다.

치매란 헤드폰을 쓰고 음악을 듣고 있으면서 남들도 그 음악을 듣고 있다고 착각하고 있는 상태다. 인지 기능이 저하된 치매 노인에게 일상은 헤드폰 속 음악처럼 흐른다. 이 음악 좋지 않니? 무슨 음악 말씀이죠? 이 음악 소리 너무 크지 않니? 아무 소리도 들리지 않는데요. 음악 소리 볼륨 좀 키워봐. 무슨 음악 소리요? 방금 일어난 일상을 왜 너는 모르는 척하니? 영화는 자신이 치매인 줄 모르는 치매 환자의 일상을 충실하게 따라간다. 과거와 현재를 잇는 기억의 다리가 불타버린 일상, 자신과 타인을 잇는 인지의 다리가 부서져버린 일상을 보여준다.

그 파편화된 세계를 견디지 못한 딸은 아버지를 요양원에 두고 파리로 떠나버린다.

마침내 영화의 마지막 시퀀스. 안소니는 자기 집이 아니라 요양원 침대에서 눈을 뜬다. 눈을 뜬 안소니에게 간호사는 딸이 보내온 엽서를 보여준다. 그 엽서의 뒷면에는 꽃그림이 화려하다. 봄을 상징하는 아름다운 여인이 꽃바구니를 안고 있는 로마시대 프레스코. 그 엽서를 읽은 뒤, 안소니는 자기 인생의 잎은 다 떨어졌다며, 삶의 겨울이 왔다며, 집에 가고 싶다며 울음을 터뜨린다. 이 슬프지만 냉정한 현실 아래로 음악이 나직하게 '객관적으로' 흐른다. 간호사는 안소니를 달랜다. 화창한 날은 오래가지 않아요. 함께 산책이나 해요.

흐느끼는 안소니는 단순히 감정 조절에 실패한 치매 노인이 아니다. 마침내 자신이 치매임을 깨달은 치매 노인이다. 안소니의 울음은 자신이 누구인지 모르는 상태가 되었다는 것을 자각한 자의 울음이다. 안소니는 셰익스피어의 리어왕처럼 묻는다. 내가 누군지 모르겠다. 나는 누구인가. 자신은 그 누구도 아닌 존재가 되었다는 메타 의식을 보여주는 것이 〈더 파더〉의 핵심이다.

삶의 행복을 겪으면서 동시에 자신이 행복을 겪고 있

다는 것을 아는 것은 두 배로 행복한 일이라고 나는 생각해왔다. 영화감독 아녜스 바르다도 〈로슈포르, 25년 후〉(1993)에서 말하지 않았던가. 행복의 기억은 아마도 여전히 행복일 거라고. 그러나 치매는 어떤가. 치매를 겪으면서 자신이 치매를 겪고 있다는 사실을 아는 것은 바람직한가. 자신이 한때 누리던 존엄을 잃은 상태라는 것을 자각하는 것은 바람직한가. 메타 의식은 상황의 개선에 공헌할 때나 유효하다. 자기 상황을 객관화할 때 비로소 개선책을 찾을 수 있기 때문이다. 그러나 어떤 개선으로도 이르지 못할 자의식을 갖는 것은 과연 바람직한가. 치매는 자의식마저 공포스러운 것으로 만든다.

마음의 지옥에서 벗어나는 법

아내가 죽었을 때 나 혼자 슬퍼하지 않았을 것 같은가? 그렇지만 아내가 태어나기 이전, 태어나기 이전 정도가 아니라 아예 형태를 갖추기 이전, 형태를 갖추기 이전 정도가 아니라 아예 기(氣)가 없던 때를 생각해보았네. 뭔지 도대체 알 수 없는 신비의 한가운데서 변화가 일어나 기가 생기고, 기가 변하여 형태가 생기고, 형태가 변하여 태어나게 되었네. 그리고 이제 또 변화가 생겨 죽었네. 이는 춘하추동 사계절의 진행과 같네. 죽은 사람들은 조용히 크나큰 공간에 쉬고 있는데, 나만 슬퍼 소리 내어 운다는 것, 이것은 이치에 맞지 않는다는 생각이 들어 울기를 그만두었네.

— 『장자』「지락」

이탈리아 속담에 따르면, 수도자들은 사랑하지 않고 모여 살다가 죽을 때는 한 명도 눈물 흘리는 사람 없이 죽는다지만, 보통 사람들은 그렇지 않다. 가까운 사람이 세상을 떠났을 때, 사람들은 자신을 바닥으로 끌어당기는 슬픔을 느낀다. 어떻게 하면 이 슬픔으로부터 벗어날 수 있을까. 어떻게 하면 바닥을 딛고 일어설 수 있을까. 누군가 위로한다. "돌아가신 분, 참 대단한 분이셨어요." 그러나 정치사상가 한나 아렌트는 죽고 나서야 명예를 얻는 것이야말로 인간이 가장 싫어할 만한 일이라고 말한 적이 있다. "너무 슬퍼 마세요. 좋은 곳으로 가셨을 거예요." 산 사람은 살아야 하는 '지금 여기' 말고도, 인간이 가서 쉴 수 있는 좋은 곳이 있다면, 이 덧없는 인생은 슬프지 않으리라. 그 고단한 삶을 벗을 수 있으니 오히려 기쁘리라.

'지금 여기' 말고, 죽고 나서 가야 할 다른 곳이 정녕 있는가? 기독교에서는 천국이나 지옥과 같은 이름으로 그러한 곳이 존재한다고 가르친다. 천국이나 지옥이 있다고 하여도, 천국과 지옥은 아직 살아 있는 사람이 따라갈 수 있는 곳은 아니다. 따라서 아직 살아 있는 사람에게는 소설가 호르헤 루이스 보르헤스의 말이 마음에 와닿는다. "난 지옥을 아주 잘 알아요. … 사람들이 지옥을 장소라고 여기는 이유는 단테를 읽었기 때문인 것 같은데, 난 지옥을 상태라고 생각해요." 어떻게 하면 가까운 사람을 잃은 지옥 같은 마음 상태로부터 벗어날 것인가.

고대 중국의 사상가 장자는 마침내 마음의 지옥으로부터 벗어나는 방법을 찾아낸 것 같다. 아내가 죽자 장자는 슬퍼하기는커녕 통을 두드리며 노래한다. 애도는 하지 못할지언정 이건 너무 심하지 않은가. 아내의 죽음을 반길 정도로 그간 아내와 심하게 불화하며 살았단 말인가. 혹은 아내가 죽고 나서야 할 수 있는 어떤 신나는 일이라도 있단 말인가. 그럴 리가.

장자는 대꾸한다. 사람이 죽으면 태어나기 이전 상태로 돌아가는 법이라고. 태어나기 전이나 죽은 뒤나 모두 삶이 아니라는 점에서는 동일하다고. 태어나기 이전 상태에 대해 슬퍼한 적이 있냐고. 태어나기 이전 상태에 대해 슬퍼한 적이 없는데, 왜 죽었다고 새삼 슬퍼하느냐고. 이와 같은 장자의 위로에 공감하려면, 인생을 보다 큰 흐름의 일부로 생각할 필요가 있다. 죽은 뒤의 상태뿐 아니라 태어나기 이전의 상태까지 상상할 수 있는 마음의 힘이 필요하다. 짧은 인생에만 집중하지 말고, 인생의 이전과 이후까지 시야를 넓혀야 한다. 인생이 봄이라면, 봄이 갔다고 해서 슬퍼할 필요는 없다. 봄은 그저 순환하는 사계절 흐름의 일부일 뿐. 인생도 그저 순환하는 에너지 흐름의 일부일 뿐.

영국 작가 조지 기싱도 장자와 비슷한 생각을 한 것 같다. 『헨리 라이크로프트 수상록』(1903)에서 기싱은 이렇게 말한다. "도대체 무엇이 문제인가? 얼굴을 가린 운명의 여신이 이 세상에 태어나게 해서 나름의 역할을 하게끔 한 뒤 다시 침묵의 세계로 돌아가게 한 것이다. 이 운명을 수긍하거나 거역하는 것은 할 일이 아니다." 기싱이 보기에 삶과 죽음이란 인간이 어찌해볼 도리가 없는 것이다. 인간을 초월한 큰 운명의 힘이 좌지우지하는 것이 인생이다. 그러니 사람이 살다 죽었다고 한들 그에 대해 수긍할 것도 거역할 것도 없다.

이런 관점에서 보면, 죽음을 마주하여 인간이 상심하는 것도 주제넘은 일인지 모른다. 삶과 죽음이 운명일진대, 죽음에 대해 항의하는 것은 마치 운명에 대해 항의하는 것과 같다. 슬퍼하기를 멈추고 거역하기 어려운 거대한 힘에 순응하는 것이 상책인지도 모른다. 그러나 겸허한 태도로 거대한 힘에 순응하는 데도 각별한 마음의 힘이 필요하다. 장자가 말한 대로 생사를 보다 큰 흐름의 일부로 생각하려면, 시야를 확장할 수 있는 마음의 역량이 필요하다.

슬픔에 지친 나머지 그러한 마음의 힘을 낼 수 없을 때는 어떻게 해야 하는가? 그때는 마음보다는 몸을 움직여 주변의 언덕을 오르는 것은 어떨까. 죽음의 기억이 자신을 압도할 때, 무의미와 슬픔이 파도처럼 들이닥칠 때, 절벽에 서 있는 것이 아니라 언덕을 오르는 중이라고 상상하라. 이렇게 시인 안희연은 권유했다. 슬픔은 마음뿐 아니라 몸을 침범하는 것이어서, 슬픈 사람은 절벽이나 수렁을 상상할 뿐, 언덕을 상상하기는 어렵다. 그러나 절벽과 달리 언덕은 그 위에 시원한 바람을 이고 있다. 그리하여 언덕에 힘들여 오른다는 것은 그 바람을 맞을 수 있다는 것, 그리하여 절망하지 않고 다시 언덕을 내려올 것임을 약속하는 것이다.

그리하여 나는 넓은 시야를 찾아 언덕을 찾아갈 계획이다. 언덕을 넘어 높은 산을 찾아갈 계획이다. 육신의 고단함 이외에는 어떤 다른 생각도 침범할 수 없도록 숨을 헐떡이며 아주 높은 산에 오를 계획이다. 계곡과 산마루를 지나 마침내 산정에 다다르면, 시집 『여름 언덕에서 배운 것』에 실린 '시인의 말'을 떠올릴 계획이다. 시인 안희연은 다음과 같이 썼다. "많은 말들이 떠올랐다 가라앉는 동안 세상은 조금도 변하지 않은 것 같고 억겁의 시간이 흐른 것도 같다. 울지 않았는데도 언덕을 내려왔을 땐 충분히 운 것 같은 느낌도 들고. 이 시집이 당신에게도 그러한 언덕이 되어주기를. 나는 평생 이런 노래밖에는 부르지 못할 것이고, 이제 나는 그것이 조금도 슬프지 않다."

흔들리지 않기 위하여

일상과 반복을 견디는 힘

연말연시가 되면 잡지사에서 연락이 오곤 한다. 한 해를 보내고 새해를 맞으며, '독자에게 위로와 희망을 줄 수 있는 글'을 써달라는 원고 청탁이다. 답장을 쓴다. "절망을 밀어낼 희망과 위로를 말할 자신이 없어 사양합니다. 너른 양해 바랍니다." 희망이 없어도, 누구나 자기 삶의 제약과 한계를 안고 또 한 해를 살아가야 한다. 묵묵히 자신의 전장에서 발걸음을 옮겨야 한다. 지상의 천국은 새해에도 오지 않을 것이므로, 자신의 사적인 평화는 스스로 지켜야 한다. 나 자신을 위로하기 위하여 짐 자무시의 영화 〈패터슨〉(2016)을 본다.

영화의 주인공 패터슨은 미국 뉴저지주의 소도시 패

터슨에 산다. 패터슨은 패터슨시 출신 시인 윌리엄 카를로스 윌리엄스의 시를 좋아한다. 버스 드라이버인 패터슨을 영화배우 애덤 드라이버가 연기한다. 이러한 반복이 이 영화에서는 중요하다. 반복이 패턴을 만들고, 패턴이 패터슨의 일상을 견딜 만한 것으로 만든다. 패턴은 일상의 행동에 작은 전구를 일정한 간격으로 달아놓는 일이기에, 삶은 패턴으로 인해 조금이나마 빛나게 된다. 이 반복과 패턴이 자아내는 아름다움과 리듬은 뭔가 지금 제대로 작동 중이라는 암묵적인 신호를 보낸다. 그 규칙적으로 작동되는 세계 속에서 당신도 무엇인가를 하고 있다는 신호를 전해온다. 그 신호에 반응하는 마음이야말로 일상의 어둠에서 인간을 잠시 구원할 것이다. 자기 안에서 무엇인가 정처 없이 무너져내릴 때, 졸렬함과 조바심이 인간을 갉아먹을 때, 목표 없는 분노를 통제하지 못할 때, 자기 확신이 그만 무너져내릴 때, 인간을 좀 더 버티게 해줄 것이다.

그러기에 패터슨은, 아침 6시 조금 넘어 일어나, 시리얼로 아침을 먹고, 옷을 입고, 출근하고, 근무하고, 퇴근하고, 동네 바에 들러 한잔한다. 돌아와 집안일을 하고, 씻고, 잠자리에 든다. 그 일상은 영화 내내 반복된다. 흔히 영화라고 하면, 대개 이러한 일상 활동 끝에 발생하는 극적인 일이나 과잉된 감정을 다루기 마련이지만, 〈패터슨〉은 일상의 반복 그 자체를 다룬다. 그 반복되는 일상은 어떤 절정으로도 시청자를 인도하지 않는다. 그러나 그 일상은 조용히 진행되는 예식처럼 잔잔히 아름답기에, 시청자는 몰입해서 영화를 볼 수 있다. 일상에의 몰입감, 그것이 이 영화의 정체다.

패터슨에게 그나마 특별한 점이 있다면, 시를 쓴다는 사실이 아닐까. 그는 일정한 시간에 비밀 노트를 펼치고 자신의 시를 적는다. 출판을 염두에 두고 쓰는 것이 아니므로, 복사본을 만들어놓지도 않는다. 그래도 그에게 시 쓰기는 중요하다. 인세를 받고 문학상을 탈 수 있기에 중요한 것이 아니라, 정돈된 일과 속에 고요한 시간의 자리를 남기는 일이기에 중요하다.

〈패터슨〉에 그나마 극적인 사건이 있다면, 반려견이 패터슨의 비밀 시 노트를 갈가리 찢어버렸다는 것이다. 바로 그날 밤 패터슨은 잠을 잘 이루지 못한다. 일찍 깬 패터슨은 그래도 하루를 다시 시작한다. 평소에 시를 쓰던 벤치에 망연히 앉아 있노라니, 누군가 다가와 빈 노트를 건넨다. 새 노트를 받아든 패터슨은 다시 쓰기 시작한다. 패터슨의 표현에 따르면, 자신이 쓰는 시란 결국 물 위의 낱말일 뿐이다.

나도 패터슨처럼 일정한 시간에 잠자리에 든다. 잠자리에 들기 전 산책을 하고, 샤워를 한 뒤, 페이스북에 그날 밤에 들을 음악을 올리고, 그날 갈무리한 책과 영상을 보다 잠든다. 그리고 일정한 시간에 일어나 달걀을 삶는다. 타원형의 껍질 안에 액체가 곱게 담겨 있다는 사실에 감탄한다. 오랫동안 해온 일이기에, 나는 내가 원하는 정도로 달걀을 잘 익힐 수 있다. 오래도록 이 일상을 지속할 수 있기를 바란다. 목표를 달성할 수 없어 오는 초조함도, 목표를 달성했기에 오는 허탈감도 없이, 지속할 수 있기를 바란다. 물처럼 흐르는 시간 속에 사라질 내 삶의 시를 쓸 수 있기를 바란다.

목적 없는 삶을 위한 산책

나는 산책 중독자다. 나는 많이, 아주 많이 걷는다. 나에게 산책은 다리 근육을 사용해서 이족 보행을 일정 시간 하는 것 이상의 일이다. 나에게 산책은 예식이다. 산책에 걸맞은 옷을 입고, 신중하게 그날 날씨를 살피고, 가장 쾌적한 산책로를 선택한다. 그리고 집을 나가, 꽃그늘과 이웃집 개와 과묵한 이웃과 버려진 마네킹을 지나 한참을 걷다가 돌아온다.

나에게 산책은 구원이다. 산책은 쇠퇴해가는 나의 심장과 폐를 활성화한다. 산책은 나의 허리를 뱃살로부터 구원한다. 산책은 나의 안구를 노트북과 휴대폰 스크린으로부터 구원한다. 산책은 나의 마음을 스트레스로부터 구원한다. 산책은 나의 심신을 쇠락으로부터 구원한다. 동물원의 사자가 우리 안을 빙빙 도는 것은 제정신을 유지하기 어려워서라는데, 산책이 아니었다면 나는 어떻게 되었을까.

나에게 산책은 생업이다. 얼핏 보면, 빈 시간을 죽이려고 산책 다니는 것처럼 보이겠지. 나는 산책을 통해 일상의 필연적 피로를 씻는다. 그뿐이랴. 산책 중에 떠오르는 망상은 메모가 되고, 메모는 글이 되고, 글은 책이 된다. 그렇다고 글감을 얻기 위해 산책하는 것은 아니다. 글감은 산책 중에 그저 발생한다. 산책하면 단지 기분이 좋다.

나에게 산책은 네트워킹이다. 술자리와 골프와 동창회와 조기축구회를 즐기지 않는 중년에게 산책은 거의 유일한 정기 네트워킹이다. 걸으면서 나보다 앞선 산책자들과 뒤에 올 산책자들을 생각하며 상상의 네트워크를 맺는다. 나는 특히 산책을 즐기다가 죽은 스위스의 작가 로베르트 발저를 생각한다. 1956년 12월 25일, 발저는 홀로 산책하다가 눈 위에 쓰러져 죽었다.

발저는 산책을 이렇게 찬양한다. "발로 걸어 다니는 것이 최고로 아름답고, 좋고, 간단하다. 신발만 제대로 갖춰

신은 상황이라면 말이다." 나는 운전을 하지 않는다. 차가 없다. 신발은 있다. 마음에 드는 신발을 골라 신고 평지를 산책한다. 오르막길은 하나의 과제처럼 여겨지므로 되도록 피한다. 모든 것에 눈이 내려앉은 날 산책은 얼마나 황홀하던가. 발저는 그러한 황홀함 속에서 죽었다.

산책할 시간에 차라리 회식을 하고, 골프를 치고, 출마하는 게 도움이 되지 않겠냐고? 홀로 산책하면 외롭지 않냐고? 산책은 세상과 멀어지는 일이 아니냐고? 그렇지 않다. 산책은 이 세상에서 내가 존재하기 위한 거의 모든 것이다. 발저는 말한다. "활기를 찾고 살아 있는 세상과 관계를 정립하기 위해 반드시 해야 하는 일입니다. 세상에 대한 느낌이 없으면 나는 한마디도 쓸 수가 없고, 아주 작은 시도, 운문이든 산문이든 창작할 수 없습니다. 산책을 못 하면, 나는 죽은 것이고, 무척 사랑하는 내 직업도 사라집니다. 산책하는 일과 글로 남길 만한 것을 수집하는 일을 할 수 없다면 나는 더 이상 아무것도 기록할 수 없습니다."

내가 산책을 사랑하는 가장 큰 이유는 산책에 목적이 없다는 데 있다. 나는 오랫동안 목적 없는 삶을 원해왔다. 왜냐하면 나는 목적보다는 삶을 원하므로. 목적을 위해 삶을 희생하기 싫으므로. 목적은 결국 삶을 배신하기 마련이므로. 목적이 달성되었다고 해보자. 대개 기대만큼 기쁘지 않다. 허무가 엄습한다. 목적을 달성했으니 이제 뭐 하지? 목적 달성에 실패했다고 해보자. 허무가 엄습한다. 그것 봐, 해내지 못했잖아. 넌 네가 뭐라도 되는 줄 알았지?

목적을 가지고 걷는 것은 산책이 아니다. 그것은 출장이다. 나는 업무 수행을 위한 출장을 즐기지 않는다. 나는 정해진 과업을 수행하고 그 결과를 보고하기 위해서 이 땅에 태어난 것이 아니다. '국민교육헌장'은 이렇게 시작한다. "우리는 민족중흥의 역사적 사명을 띠고 이 땅에 태어났다." 난 아닌데? 나는 그냥 태어났다. 여건이 되면 민족중흥에 이바지할 수도 있겠지만, 민족중흥에 방해나 되지 말았으면 좋겠다. 기본적으로 난 산책하러 태어났다. 산책을 마치면 죽을 것이다.

그렇다고 무위도식하겠다는 말은 아니다. 열심히 일할 것이다. 운이 좋으면 이런저런 성취도 있을 수 있겠지. 그러나 그 일을 하러 태어난 것은 아니다. 그 별거 아닌, 혹은 별거일 수도 있는 성취를 이루기 위해 태어난 것은 아니다. 성취는 내가 산책하는 도중에 발생한다.

산책하러 나갈 때 누가 뭘 시키는 것을 싫어한다. 산책하는 김에 쓰레기 좀 버려줘. 곡괭이 하나만 사다 줘. 손도끼 하나만 사다 줘. 텍사스 전기톱 하나만 사다 줘. 어차피 나가는 김인데. 나는 이런 요구가 싫다. 물론 그런 물건들을 사는 것은 어렵지 않다. 그러나 그런 목적이 부여되면 산책은 더 이상 산책이 아니라 출장이다. 애써 내 산책의 소중함에 대해 설명하기도 귀찮다. 그냥 텍사스 전기톱을 사다 준 뒤, 나만의 신성한 산책을 위해 재차 나가는 거다. 신성한 산책을 하는 중이라고 해서 걷기만 한다는 것은 아니다. 길가의 상점을 들여다보기도 하고 물건을 사기도 한다. 그것은 미리 계획해서 하는 일이 아니다. 발길을 옮기다가 관심이 생겨서 하는 일일 뿐이다.

인생에 정해진 목적은 없어도 단기적 목표는 있다. 산책에 목적은 없어도 동선과 좌표는 있다. 내가 가장 즐겨 가는 곳 중 하나는 인근의 독립서점이다. 자, 나온 김에 오늘도 독립서점 쪽으로 걸어가볼까. 그렇다고 해서 특정 책을 구입하려는 구체적인 목적을 가지고 가는 것은 아니다. 이미 어떤 책을 염두에 두고 있을 때는 그냥 인터넷 서점에서 구입한다. 독립서점에는 그냥 간다. 그냥 가서 과묵하고 유식한 점장이 큐레이팅한 서가를 돌아보다 보면 종종 책을 사게 된다. 그곳에는 재밌는 책이 많으니까.

목적 없는 삶을 바란다고 하면, 누워서 '꿀 빨겠다'는 말로 오해하는 사람들이 있다. 큰 오해다. 쉬는 일도 쉽지 않은 것이 인생 아니던가. 소극적으로 쉬면 안 된다. 적극적으로 쉬어야 쉬어진다. 악착같이 쉬고 최선을 다해 설렁설렁 살아야 한다. 목적 없는 삶도 마찬가지다. 최선을 다해야 목적 없이 살 수 있다. 꼭 목적이 없어야만 한다는 건 아니다. 나는 목적이 없어도 되는 삶을 원한다. 나는 삶을 살고 싶지, 삶이란 과제를 수행하고 싶지 않으므로.

행복하고 싶어! 많이들 이렇게 노래하지만, 나는 행복조차도 '추구'하고 싶지 않다. 추구해서 간신히 행복을 얻으면, 어쩐지 행복하지 않을 것 같다. 세상에는 그런 일들이 있다. 가는 대신에 오기를 기다려야 하는 일. 억지로 가려고 하면 더 안 오는 일. 잠이 안 와요, 라는 표현에서 드러나듯 우리가 잠에게 가는 것은 현명하지 않다. 억지로 잠들려고 할수록 잠이 달아나지 않던가. 행복도 그런 게 아닐까. 나는 자네에게 가지 않을 테니, 자네가 오도록 하게. 행복이여, 자네는 내가 살아가는 동안 부지불

식간에 발생하도록 하게, 셔터가 무심코 눌려 찍힌 멋진 사진처럼.

목적 없는 삶을 살기 위해 필요한 것들이 있다. 내가 너무 지나친 궁핍에 내몰린다면, 생존이 삶의 목적이 되겠지. 그렇게 되지 말기를 기원한다. 내가 너무 타인의 인정에 목마르다면, 타인의 인정을 얻는 것이 삶의 목적이 되겠지. 그렇게 되지 말기를 기원한다. 내가 시험에 9수를 한다면, 시험 합격이 삶의 목적이 되겠지. 그렇게 되지 말기를 기원한다.

재산은 필요하지만, 재산 축적 자체가 삶의 목적이 될 수는 없다. 에피쿠로스는 말했다. “자유로운 삶은 많은 재산을 가질 수 없다. 왜냐하면 군중이나 실력자들 밑에서 노예 노릇을 하지 않고서는 재산을 얻기 어렵기 때문이다.” 돈이 많으면 잘사는 것처럼 보이겠지만, 잘사는 것처럼 보이는 것과 잘사는 것은 다르다. 나는 잘생긴 것처럼 보이는 게 아니라 진짜 잘생기기를 바라며, 건강해 보이는 것이 아니라 진짜 건강하기를 바라며, 지혜로워 보이는 것이 아니라 진짜 지혜롭기를 바란다. 나는 사는 것처럼 보이는 것이 아니라 실제로 살기를 바란다.

사람마다 다양한 재능이 있다. 혹자는 살아남는 데 일

가견이 있고, 혹자는 사는 척하는 데 일가견이 있고, 혹자는 사는 데 일가견이 있다. 잘 사는 사람은 허무를 다스리며 산책하는 사람이 아닐까. 그런 삶을 원한다. 산책보다 더 나은 게 있는 삶은 사양하겠다. 산책은 다름 아닌 존재의 휴가이니까.

의도는 불투명한 병에 담긴 물

한 정부가 끝나고 새로운 정부가 들어섰다. 국민에게 주는 고별사나 취임사나 좋은 의도로 가득하다. 그러나 의도란 무엇인가. 의도는 결과를 지향하지만 아직 결과에 이르지 않은 마음 상태다. 따라서 좋은 의도가 좋은 결과를 낳으리라는, 혹은 낳았으리라는 법은 없다.

잘하겠다고 들면 잘되던가? 꼭 그렇지 않다. 현실은 역설로 가득 차 있다. 옷을 맵시 있게 입으려는 의도가 강할수록 맵시가 없어지는 역설이 있다. 섹시해지겠다는 의도가 강할수록 안 섹시해지는 역설이 있다. 드라마 〈나의 해방일지〉에 나오는 매력남 구씨도 아니면서 마구 벗어부친다고 섹시해지겠는가? 성적 유혹을 드러내

놓고 과시하는 일이 상대를 매혹할 수 있을까? 차라리 금욕적인 태도를 보이는 것이 더 섹시하다. 저 금욕의 빗장을 풀어보고 싶다, 저 빗장이 풀렸을 때 저 사람이 어떻게 돌아버릴까, 이런 상상을 촉발할 수 있으니까.

종합격투기 경기도 마찬가지다. 마구 치고받는 선수들의 야수성에 관객들이 열광하는 것일까? 엄청난 폭력배가 흉기를 들고 야수처럼 길가에서 날뛴다면 사람들은 열광은커녕 도망가기 바쁠 것이다. 어떤 사람들이 종합격투기 경기에 매료되는 것은 가공할 폭력을 가진 이들이 엄격한 규칙이 통제하는 링 안에서 낑낑거리고 있기 때문이다. 야수성이 통제하에 있다는 사실 자체가 사람들을 매료시킨다.

마찬가지 이유로 예술 작품에서 작가의 의도에 집착하는 것도 그다지 바람직하지 않다. 신비평 이론가들이 오래전에 그런 경향을 신나게 두들겨 팬 바 있다. 비평이론가 윌리엄 윔서트와 먼로 비어즐리의 논문 「의도의 오류」가 발표된 것이 벌써 70, 80년 전이다. 소설가 권여선은 "소설을 쓸 때 경계하는 것이 있나요?"라는 질문에 이렇게 대답했다. "제 의도대로 쓰는 것을 경계해요. 제 계획이나 구상 그대로, 의도를 거의 배반하지 않는 글쓰기,

그건 실패, 완전 실패할 가능성이 높아요. 언어가 언제나 저를 이겨주기를 바라면서 씁니다." 미술 작품인들 다르랴. 사람들은 의도가 훌륭한 졸작보다는 의도하지 않은 걸작을 보기 원한다.

교육도 마찬가지다. 요즘 대학생들의 윤리의식이 부족하다는 언론 보도를 접한 교수들이 외치는 거다, 이대로 두고 볼 수 없다! 윤리 수업을 필수로 만들자! 착한 인간 양성 수업을 들어야만 졸업할 수 있게 하자! 그러면 학생들이 윤리적이 될 것 같은가? 대학 내 직업윤리가 땅에 떨어진 상황에서, 그 수업을 마지못해 들었다고 퍽이나 윤리적이 되겠다. 천년의 발정이, 아니 천년의 윤리의식마저 식을 것 같다. 의도가 좋다고 결과가 좋으리라는 법은 없다.

그래서일까. 이 사회의 사과문은 대개 이렇게 시작하곤 한다. "제 의도는 그렇지 않았지만, 그런 결과를 빚게 되어 죄송합니다" 혹은 "제 의도와는 달리 만약 기분이 나빴셨다면 죄송합니다". 자신의 잘못을 지적받았을 때야 비로소 의도로는 충분치 않다는 걸 깨닫게 된다. 그리고 그 깨달음은 책임을 회피하기 위해서 사용되기도 한다. 의도는 나쁘지 않았으니 절 너무 나무라지는 말아주

세용~. 의도가 결과를 보장하지 않는다고 해서 그 사람이 책임으로부터 완전히 면제될 수 있는 것은 아니다. 그럴 의도는 없었지만 잘못된 행동을 하고 말았다면, 그것은 의도 때문이 아니라 자신의 방만한 평소 습관이나 태도 때문일 가능성이 높다.

습관이나 태도 때문이 아니라면, 해당 사회의 '언어'를 숙지하지 못해 생긴 잘못일 수도 있다. 거래처 여직원이 미소 띤 얼굴로 사소한 친절을 베풀었다고 해서 자기에게 "꼬리를 쳤다"고 망언을 해서는 안 된다. 그의 친절은 그 직업에서 통용되는 언어이지 의도가 아닐 것이다. 매력적인 여자 후배가 "선배, 맛있는 거 한번 같이 먹어요"라고 말했다고 치자. 이건 나에게 반했다는 뜻일까. 아닐걸. 공짜 밥 정도는 먹어주겠어, 정도의 뜻이 아닐까. 청자뿐 아니라 화자도 용례를 잘 파악해야 한다. 표현은 개판으로 해놓고 상대가 화를 내면, "아니 제 의도는 그게 아니라…" 어쩌고저쩌고해봐야 별 소용 없다. 잘못된 표현은 즉시 수정하는 것이 바람직하다. 공적인 차원에서 가시적인 것은 본인도 알듯 말듯 한 심리 상태가 아니라, 해당 사회에 통용되는 표현이다. 의도는 불투명한 병 안에 담긴 물이요, 결과는 엎질러진 물이다.

비판하는 사람이라고 쉬울까. 잘못을 저질렀다고 해서 그의 의도가 나빴다고 서둘러 넘겨짚지 않는 것이 중요하다. 찾을 수 없는 의도를 넘겨짚거나 갖다 붙이는 일에 유의해야 한다. 나쁜 짓을 저질렀어도 나쁜 의도를 가진 나쁜 놈은 아닐 수 있으므로. 그러니 의도를 단정하지 않고도 얼마든지 비판할 수 있다. 마키아벨리는 『로마사 논고』에서 악행을 저지르려고 의도한 자보다 실제 저지른 자가 더 비난을 받아야 한다는 취지의 말을 한 적이 있다. 그래도 어떤 사람들은 여전히 상대의 의도를 넘겨짚고, 오해에 근거해서 단죄하려 들겠지.

정치란 그럴 위험을 감수하면서 자신의 의도를 현실에서 구현하려 드는 일이다. 그게 쉬울 리야. 선한 의도든 악한 의도든, 어떤 의도를 가지고 일정한 결과를 불러오는 이는 보통 사람이 아니다. 일단 의도하는 거 자체가 각별한 일이다. 의도는 매우 특수한 활동이 아니던가. 음식이 위에서 대장으로 가도록 의도하나? 심장이 뛰도록 의도하나? 숨 쉬려고 매 순간 의도하나? 힘들어서 못할 것이다. 사람들은 되도록 대충 살고 싶어 하지 않나. 의도는 체력과 의지력이 있는 사람이 가까스로 해낼 수 있는 대단한 사업이다.

그래서일까, 많은 경우 의도는 사후적으로 발생한다. 교과서에 실린 글의 의도를 묻는 문제가 수학능력시험에 나왔다고 해보자. 정답은 '돈 벌기 위한 의도로 썼다'일까, 아니면 '나라를 발전시키기 위한 의도로 썼다'일까. 그것도 아니면 '역사에 남기 위한 의도로 썼다'일까. 사실, 저자는 별생각 없이 그 글을 썼을 수도 있고, 나라도 발전시키고 역사에도 남고 돈도 벌기 위한 복합적인 의도를 가지고 썼을 수도 있다. 누가 그 의도를 명백히 알 것인가. 쓴 사람 본인이라고 분명히 알까. 의도란 종종 사후 해석을 통해 비로소 확정되곤 한다.

좋은 의도를 가졌다는 것만으로도 대단하다. 침대에 누워 멍하니 벽지를 바라보고 있지 않고, 무엇인가 명확한 마음의 지향을 가지는 것만 해도 체력과 정성이 필요한 일이니까. 거기에 그치지 않고, 그 의도를 현실에서 관철하는 일은 더 대단하다. 현실은 복잡성과 딜레마와 역설로 가득 차 있으니까. 외로워서 연애를 했더니 더 외로워지는 역설, 배가 나와도 배는 여전히 고프다는 역설. 포기했을 때 비로소 자기 것이 되더라는 역설. 미래를 예측한다며 약을 파는 사람은 넘쳐나지만, 삶이 정녕 법칙과 예측대로 흘러가던가. 모르겠다. 대체로 인간은 어쩔 수 없는 큰 흐름과 우발적 사건의 비빔밥 속에서 선택과 습관을 오가면서 하루하루 근근이 살지 않던가. 그러다가 정신 차려보면 어느새 죽을 때다.

이른바 정치인이라는 사람들은 이런 통제 불능의 상황에서 어떻든 결과를 만들어내겠다고 나선 사람들이다. 영문도 모른 채, 신의 의도도 모른 채, 하루하루 이리 치이고 저리 치이며 살지만은 않겠다는 결기를 가졌을 사람들이다. 선한 의도와 경직된 계획만으로는 그런 역동적이고 통제하기 어려운 상황에서 바람직한 결과를 만들어내기 어렵다. 변화하는 현실에 대응할 수 있는 판단력과 상상력과 유연성과 탄성이 필요하다. 막스 베버는 『소명으로서의 정치』에서 이렇게 말했다. "신념 윤리를 따르는 것이 옳은지 아니면 책임 윤리를 따르는 것이 옳은지의 여부, 그리고 언제는 신념 윤리를 따라 행동해야 하고 또 언제는 책임 윤리를 따라 행동해야 하는지에 대해서는 어느 누구도 분명히 가려서 지시할 수 없다." 성숙한 정치인은 자기 의도대로 상황을 만들 수 있다고 단정하지 않고, 상황 속에 있는 내적 동학까지 감지한다. 어떻게 하면 그 동학과 함께할 것이며, 그 동학 속에서 어떻게 가능한 최선의 결과를 만들어낼 것인가 고민한다.

그러면 누가 미숙한 정치인인가? 선한 의도를 과신한 나머지 근거 없는 자신감이 충만한 정치인이 아닐까. 그런 사람이 큰 권력을 손에 쥐게 되면, 그 권력을 멍청하지만 과감하게 행사할 것이다. 막스 베버는 정치 현실의 아이러니를 인식하지 못하고 선한 의도에만 집착하는 정치인을 일러 '정치적 유아'라고 부른 적이 있다. 막대한 화재가 치밀한 악의를 가진 성인에 의해서만 발생하는 것은 아니다. 막연한 선의를 가진 유아에 의해서도 일어날 수 있다. 모든 국민이 직업 정치인이 될 수는 없다. 그러나 유아에게 권력이라는 화염방사기를 쥐어줄 것인가의 문제는 결정할 수 있다.

마음의 중심

군자는 대상에 뜻을 깃들여도 되지만, 뜻을 대상에 머무르게 해서는 안 된다. 뜻을 대상에 깃들이면 아무리 하찮은 대상이라도 즐거움이 될 수 있고, 아무리 대단한 대상이라도 병통이 될 수 없다. 대상에 뜻을 머물게 하면, 아무리 하찮은 대상이라도 병통이 될 수 있고, 아무리 대단한 대상이라도 즐거움이 될 수 없다.

— 소식, 「보회당기(寶繪堂記)」

무엇을 제대로 좋아하는 일은 어렵다. 너무 좋아하다 보면 집착이 생긴다. 집착이 생기면 결국 문제가 생긴다. 집착한 나머지 좋아하는 대상에게 무리한 요구나 기대를 하게 되기 때문이다. 그러다가 좋아하는 대상이 자기 뜻대로 되지 않기라도 하면, 크게 상심하기도 한다. 연애만 해도 그렇지 않은가. 상대를 너무 좋아하다 보면, 상대를 다 자기 것으로 만들고 싶은 욕심이 생기기 쉽다. 그러다가 그 상대가 자신을 버리고 떠나게 되면, 마음은 화려하지만 위태로운 3단 케이크처럼 무너진다.

그럼 어떻게 해야 하나. 아무것도 좋아하지 않는 것이 상책인가. 치열했던 연애가 파국으로 끝나면, 사람들은 아예 연애 자체로부터 거리를 두곤 한다. 실연의 고통을 겪느니 아예 연애를 하지 않는 것이 낫다고 생각하는 것이다. 연애를 하지 않으면 실연할 리도 없으리니, 괴로워할 일도 없을 것이다. 좋아하지 않으면 집착할 일도 없으리니, 상심할 일도 없을 것이다. 그러나 이처럼 아무것도 좋아하지 않는 인생을 풍요롭다고 하기는 어려울 것이다. 상심할 일도 없지만, 기쁠 일도 없는 인생. 그것은 고적(孤寂)한 인생이다.

무엇을 좋아해도 문제고 좋아하지 않아도 문제라면, 도대체 어떻게 하란 말인가. 아이돌 열성 팬들은 뒷일을 걱정하지 말고 마냥 좋아하라고 할 것이다. 속세를 떠난 사람은 그런 열성은 다 헛된 집착에 불과하다고 할 것이다. 집착과 초연 중에서 무엇을 택해야 하나. 이 어려운 문제에 대해 소식은 대상을 일단 좋아하는 게 바람직하다고 인정한다. 세속의 쾌락을 흔쾌히 긍정한 사람답게, 소식은 동파육이라는 맛있는 음식의 레시피를 개발하기까지 했다고 한다. 소식에 따르면, 인간은 맛있는 걸 먹어야 한다. 사랑하는 사람을 포옹해야 한다. '덕질'을 해야 한다.

세속의 쾌락은 쾌락의 대상이 있어야 비로소 가능하다. 미식을 하려 해도 음식이 필요하고, 연애를 하려 해도 상대가 필요하고, '덕질'을 하려 해도 아이돌이 필요하다. 그러니 인생을 즐겁게 살려면 세상이라는 대상을 피해서는 안 된다. 맛있는 음식을 파는 식당에 가기를 마다하지 않고, 아이돌 콘서트에 출석하기를 귀찮아하지 않고, 사랑하는 사람에게 연락하기를 망설이지 말아야 한다.

그리하여 마침내 매력적인 대상을 접하게 되면 무슨 일이 일어나나. 무슨 일이 일어나긴. 마음에 파도가 일어난다. 견물생심이라는 말이 있듯이, 멀쩡하던 사람도 대상을 접촉하고 나면 욕망의 파도가 인다. 그래서 백화점 식품 칸에서는 시식용 음식을 제공하고, 출판사에서는 신간의 리뷰와 미리보기를 선보이고, 극장에서는 개봉작 예고편을 상영한다. 상대의 감각과 욕망을 일깨우려는 것이다. 마치 바이러스가 신체에 침투하듯이, 그 대상들은 마음을 침범한다.

대상의 매력에 침범당한 마음은 그 대상을 소유하려는 욕망에 휩싸인다. 쇼핑할 생각이 없었다가도, 멋진 핸드백을 보면 사고 싶은 욕심이 불끈 생겨나는 것이다. 욕망은 욕망을 부르는 법. 핸드백만 살 수 있나. 헐벗은 채 핸드백을 들 수는 없으니, 핸드백에 어울리는 옷이 필요하고, 옷에는 그에 걸맞은 구두가 필요하다. 그뿐인가. 벨트도 필요하고 모자도 필요하다. 불타오르기 시작한 욕망은 끝이 없다.

그래서 소식은 "대상에 뜻을 깃들여도 되지만, 뜻을 대상에 머무르게 해서는 안 된다"고 말한다. 대상을 좋아하되, 그 대상에 함몰되어서는 안 된다는 것이다. 인간이라면 디저트에 뜻을 깃들여도 된다. 디저트를 주문해도 된다. 그러나 자기 뜻을 디저트에 머무르게 해서는 안 된다. 맛있다고 해서 디저트에 얼굴을 처박고 정신줄을 놓아버리면 안 되는 것이다. 디저트를 보고 미쳐버리지 않으려면, 디저트를 좋아하되 그에 함몰되지 않을 수 있는 마음의 중심이 필요하다. 마음의 중심만 있다면 "아무리 하찮은 대상이라도 즐거움이 될 수 있고, 아무리 대단한 대상이라도 병통이 될 수 없다".

마음의 중심이 없으면, 디저트를 먹겠다는 생각을 할 겨를도 없이 이미 이성을 잃고 디저트를 먹고 있는 자신을 발견하게 될 것이다. "당신은 이미 먹고 있다!" 마음에 중심이 없기 때문에 디저트를 보는 순간 달려들어 먹고 또 먹어서 위장이 불쾌할 지경이 되어서야 정신이 돌아온다. 내가 미쳤구나…. 이런 상태라면 "아무리 하찮은 대상이라도 병통이 될 수 있고, 아무리 대단한 대상이라도 즐거움이 될 수 없다". 이제 다이어트는 실패할 것이고, 췌장은 망가질 것이다.

인생을 즐기고 싶은가. 그렇다면 좋아하는 대상을 피하지 말아야 한다. 환멸을 피하고 싶은가. 그렇다면 좋아하는 대상에 파묻히지 말아야 한다. 대상을 좋아하되 파묻히지 않으려면, 마음의 중심이 필요하다. 그리고 그 마음의 중심은 경직되어서는 안 된다. 경직되지 않아야 기꺼이 좋아하는 대상을 받아들이고, 또 그 대상에게 집착하지 않을 수 있다.

자, 그런 유연한 마음의 준비가 되었는가. 그럼 디저트의 자태를 먼저 눈으로 음미한 뒤, 한 스푼 떠서 잠시 허공에서 멈추어본다. 그다음, 간결한 선을 그리며 스푼을 입으로 가져간다. 자기 존재 속에 안착한 달콤한 대상을 음미하기 시작한다. 이제 디저트는 혀의 미각 돌기를 지나서 역류성 식도염을 앓고 있는 식도를 지나 위장으로 행진한 뒤, 대장을 거쳐 마침내 누런 똥이 될 것이다. 그 맛있고 아름다운 디저트가 똥이 되었으니 허망하다고? 그럴 리가. 당신은 달콤한 대상이 똥으로 변하는 그 멋진 과정을 한껏 즐긴 것이다. 진짜 허망한 것은, 맛있다고 소문난 디저트가 정작 맛이 없을 때이다.

내 편한 책 1기 독자 편집자 버전

1조

차례

편집장 한지현·김유리 (내 편한 책 1기 1조)
편집부 구본영·김규리·명성현·임현경·최석윤·한혜성 (내 편한 책 1기 1조)

내 편한 책 1기 독자 편집자 버전

2조

차례

편집장 이지현·최윤경 (내 편한 책 1기 2조)
편집부 김나래·김성주·김시란·김은조·조형준·피혜림·허수진
(내 편한 책 1기 2조)

내 편한 책 1기 독자 편집자 버전

3조

차례

편집장 김수아·하지영 (내 편한 책 1기 3조)
편집부 김미화·문영아·박두리·박은경·이청화 (내 편한 책 1기 3조)

내 편한 책 1기 독자 편집자 버전

4조

차례

편집장 이민지·김현주 (내 편한 책 1기 4조)

편집부 강희은·김승연·박수진·이유정·최새롬 (내 편한 책 1기 4조)

내 편한 책 1기 독자 편집자 버전

5조

차례

편집장 장현옥·조아름 (내 편한 책 1기 5조)
편집부 박현수·이설희·이수민·이지영·조혜영·허지영 (내 편한 책 1기 5조)

내 편한 책 1기 독자 편집자 버전

6조

차례

편집장 조서연·박지나 (내 편한 책 1기 6조)

편집부 김희진·박수경·이수진·홍지영 (내 편한 책 1기 6조)

내 편한 책 1기 독자 편집자 버전

7조

차례

편집장 나기주·조장희 (내 편한 책 1기 7조)
편집부 박현진·백선욱·전소영·이은율·곽은총·정예빈 (내 편한 책 1기 7조)

내 편한 책 1기 독자 편집자 버전

8조

차례

편집장 서윤지·박인영 (내 편한 책 1기 8조)
편집부 이하늘·이선민·이유진·최예림·황인아 (내 편한 책 1기 8조)

내 편한 책 1기 독자 편집자 버전

9조

차례

편집장 지희원·양수진 (내 편한 책 1기 9조)
편집부 손혜연·배은지·전은진·황지은·이지현 (내 편한 책 1기 9조)

내 편한 책 1기 독자 편집자 버전

10조

차례

편집장 백장미·최현주 (내 편한 책 1기 10조)
편집부 안우례·신춘열·조윤지 (내 편한 책 1기 10조)

내 편한 책 1기 독자 편집자 버전

11조

차례

편집장 이민주·박찬선 (내 편한 책 1기 11조)
편집부 염영숙·이근학·권영호·박지윤 (내 편한 책 1기 11조)

내 편한 책 1기 독자 편집자 버전

12조

차례

편집장 최연재·이수빈 (내 편한 책 1기 12조)
편집부 문미영·오란주·이호은·주윤·배예하 (내 편한 책 1기 12조)

내 편한 책 1기 독자 편집자 버전

13조

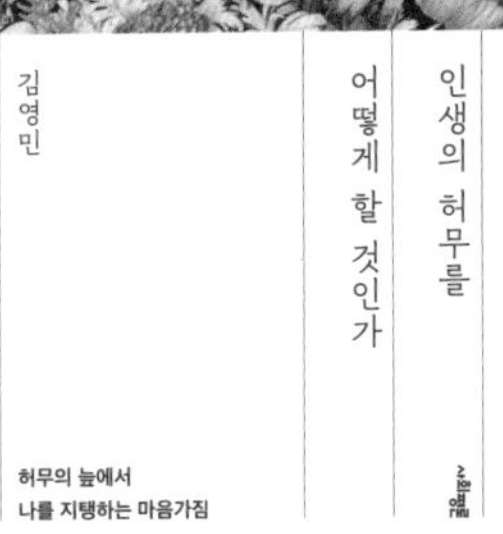

티끌같이 사라지는 것이 인간의 운명일지라도

"당신은 소중한 사람이니까 뭐든 잘될 거야"라는 사탕발림이 지겨운 이들에게 권하는, 통쾌한 블랙 유머의 향연. — 고정원

외면하고 싶었던 허무의 세계로 빠져드는 에세이. — 구서현

거품 뿐인 세상을 헤쳐나가기 위한 삶의 따뜻한 메시지. — 김경애

인생무상 삶이란 무엇인가 삶에 대해 고찰해보는 계기가 된 책. — 김민영

태어나면서 받아온 인생이라는 백지에 각자 채워가는 과정을 하나의 그림으로 그리는 과정인 것 같다. — 김현우

삶의 모호함을 '허무'라는 체에 걸러 문장그릇에 담은 책. — 윤수진

부조리를 수용함으로써 부조리에서 벗어나려고 했던 카뮈가 생각났다. 역설적이지만 인생의 허무를 수용할 때, 절망을 극복할 수 있는 실마리를 찾을 수 있지 않을까? — 이민환

다가오는 모든 일을 흐름에 맡겨 받아들이면 언젠가 그것 속에서도 편안함을 느끼며 살아갈 수 있을 것이다. — 이희정

그냥 오는 허무는 없다, 허무에도 치열함이 필요하다. — 이정희

어차피 한 번 사는 인생, 더 행복하고 더 우아하게 살기 위하여 읽어보아야 할 책. — 최도하

현재를 열심히 사는 그대, 주어진 생활과 노력 속에 중요한 것은 몸과 마음, 그리고 정신 건강이다. 쉼으로 나를 돌보는 시간은 매우 중요하다. — 최수연

채우려고 하면 할수록 텅 비어갔던, 일말의 의미조차 사라져버린 내 허무한 나날에 건네는 위로. — 한소현

차례

편집장 한소현 (내 편한 책 1기 13조)

부편집장 김경애·최도하 (내 편한 책 1기 13조)

편집부 고경원·구서현·김민영·김현우·윤수진·이민환·이의정·이정희·최수연 (내 편한 책 1기 13조)

'내 편한 책' 프로젝트

내가 직접 편집하는 특별한 한 권의 책(이하 내 편한 책)은 독자가 직접 책을 편집해보는 프로젝트입니다. 편집자가 느껴왔던 책 만드는 즐거움을 독자와 공유합니다. 또한 독자 편집자의 편집으로 완성된 한 권의 책은, 서점에서 실제 판매까지 됩니다. 책 만드는 과정의 즐거움을 독자와 나누는 독자 참여형 편집 프로젝트 '내 편한 책'은 사회평론에서 출간되는 다른 책들에도 적용될 예정입니다.